顔面《がんめん》レベル100の幼《おさな》なじみと同居《どうきょ》なんてゼッタイありえません！

日向《ひなた》まい・著　Kuta《クタ》・絵

野いちごジュニア文庫

突然《とつぜん》、両親《りょうしん》が海外《かいがい》に転勤《てんきん》。
その間《あいだ》、パパの友達《ともだち》の家《いえ》に居候《いそうろう》することになったんだけど……。
そこには意地悪《いじわる》な男《おとこ》の子《こ》がいて……!?
『お前見《まえみ》てると、いじめたくなる』
『ほんとに俺《おれ》のこと覚《おぼ》えてない?』
幼《おさな》い頃《ころ》のかすかな記憶《きおく》。
甘《あま》くて切《せつ》ない……そんな苺《いちご》キャンディの味《あじ》。

桜《さくら》井《い》未《み》央《お》

恋愛《れんあい》にはうとい中学《ちゅうがく》１年生《ねんせい》の女《おんな》の子《こ》。親《おや》の仕事《しごと》の都合《つごう》で、知《し》り合《あ》いの家《いえ》に期間限定《きかんげんてい》で居候《いそうろう》をさせてもらうことに。だけどその家《いえ》には、未央《みお》と同《おな》い年《どし》の超《ちょう》イケメン息子《むすこ》がいて…？

相《あい》田《だ》要《かなめ》

未央《みお》の居候先《いそうろうさき》の息子《むすこ》で、同《おな》じ学校《がっこう》に通《かよ》う同級生《どうきゅうせい》。顔《かお》が良《よ》すぎる上《うえ》にスポーツ万能《ばんのう》で勉強《べんきょう》もできる、校内人《こうないにん》気《き》No.１男子《ナンバーワンだんし》。未央《みお》とは幼《おさな》いころに会《あ》ったことがある。

藤森旬《ふじもりしゅん》

同《おな》じクラスの、未央《みお》がひそかにあこがれている人《ひと》。陸上部《りくじょうぶ》に所属《しょぞく》し毎朝練習《まいあされんしゅう》を欠《か》かさない、誰《だれ》にでも優《やさ》しいスポーツ男子《だんし》。

あこがれ

気《き》になる…？

後藤早苗《ごとうさなえ》

未央《みお》と同《おな》じクラスの親友《しんゆう》。バスケ部《ぶ》に所属《しょぞく》し男勝《おとこまさ》りでサバサバした性格《せいかく》のため、女子《じょし》にも人気《にんき》がある。未央《みお》のことが大好《だいす》きでいつも甘《あま》やかしている。

親友《しんゆ》

友達《ともだち》

池本愛美《いけもとまなみ》

未央《みお》のクラスメイトで、仲良《なかよ》しグループのひとり。恋愛話《れんあいばなし》好《ず》きで勘《かん》がするどい。

あらすじ
桜《さくら》井《い》未《み》央《お》
恋愛《れんあい》にうとい中《ちゅう》1女子《じょし》
中《ちゅう》1の未央《みお》は、親《おや》の都合《つごう》で知《し》り合《あ》いの家《いえ》に居《い》候《そうろう》することになってしまう。
相田要《あいだかなめ》
顔面《がんめん》 lv《レベル》100
なんでもできる学校《がっこう》の有名人《ゆうめいじん》
そこにいたのはまさかの、超《ちょう》ハイスペ同級生《どうきゅうせい》!!
抱《だ》きしめてきたり、キスしてきたり…
甘《あま》く迫《せま》ってくる要《かなめ》との同居生活《どうきょせいかつ》は、ドキドキの連続《れんぞく》!!

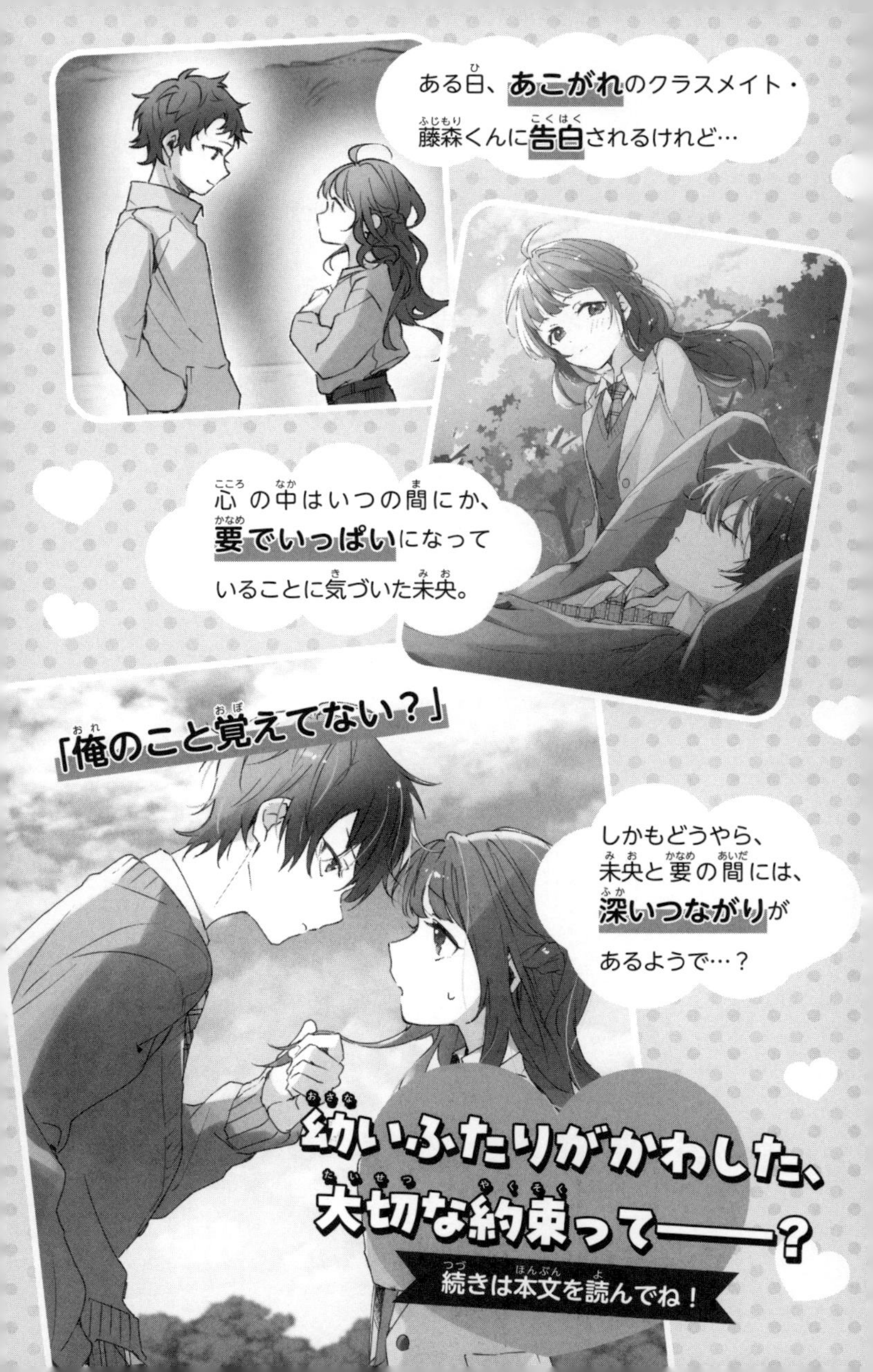
ある日《ひ》、あこがれのクラスメイト・
藤森《ふじもり》くんに告白《こくはく》されるけれど…
心《こころ》の中《なか》はいつの間《ま》にか、
要《かなめ》でいっぱいになって
いることに気《き》づいた未央《みお》。
「俺《おれ》のこと覚《おぼ》えてない？」
しかもどうやら、
未央《みお》と要《かなめ》の間《あいだ》には、
深《ふか》いつながりが
あるようで…？
幼《おさな》いふたりがかわした、
大切《たいせつ》な約束《やくそく》って——？
続《つづ》きは本文《ほんぶん》を読《よ》んでね！

もくじ

春《はる》の記憶《きおく》

――それは、突然《とつぜん》だった。

「未央《みお》、急《きゅう》なんだがパパは仕事《しごと》でアメリカに赴任《ふにん》することになったんだ」

「……赴任《ふにん》？」

なんの前《まえ》ぶれもなく、わたしにとんでもない報告《ほうこく》をするパパは、全然悪《ぜんぜんわる》びれる様子《ようす》もなくて。

隣《となり》に座《すわ》るママも、おだやかに微笑《ほほえ》んでいた。

「それでね、ママもパパと一緒《いっしょ》にアメリカに行《い》こうと思《おも》うの」

「ママも⁉」

ちょっと待《ま》って！

ママまで行《い》ってしまうってことは、わたしもついていかなきゃいけないってこと。

この春《はる》から中学生《ちゅうがくせい》になったばかり。頑張《がんば》って受験《じゅけん》もしたって言《い》うのに、もう転校《てんこう》しなきゃいけないの？　しかも海外《かいがい》の学校《がっこう》なんて！

「で、でもわたしっ……」

あわてて身《み》を乗《の》り出《だ》すと、パパはにっこり笑《わら》って言《い》った。

「……そこでだ。お前《まえ》はパパの親友《しんゆう》の家《いえ》で暮《く》らしてもらおうと思《おも》う」

ああ……パパの親友《しんゆう》ね。へ〜え……って誰《だれ》！

「相田《あいだ》というヤツなんだが、パパとは高校《こうこう》、大学《だいがく》と一緒《いっしょ》でね。いいヤツだよ」

笑顔《えがお》でパパは言《い》う。

……うん。でも、ね？

パパにとってはいいヤツでも、わたしは知《し》らないんですけど。

「ママも知《し》ってるわ。未央《みお》は小《ちい》さい頃《ころ》に一緒《いっしょ》に遊《あそ》んだことあるのよ。覚《おぼ》えてない？　たしか……名前《なまえ》は……えーと……」

ママが、考《かんが》えるように人《ひと》さし指《ゆび》をあごに当《あ》てて、それをトントンと動《うご》かす。

「……め……め……」

「か、め……か、かめ……」

へ？　カメ？　なに、それ……。

パパたちの顔《かお》はいっそう険《けわ》しくなる。

「………」

わたしは半分《はんぶん》あきれながらふたりを眺《なが》めた。

「かなめっ。そう……かなめちゃんだ。とってもきれいな子《こ》だったな」

パパが昔《むかし》を懐《なつ》かしむように言《い》った。

「あっ、そうそう！　しかもかなめちゃん、未央《みお》と同《おな》じ学校《がっこう》なんですって。年《とし》も同《おな》じだから、会《あ》ったことあるんじゃないかしら」

ママも両手《りょうて》を合《あ》わせて、わたしを見《み》る。

そしてパパとお互《たが》いに顔《かお》を見合《みあ》わせて、にっこりと微笑《ほほえ》み合《あ》った。

かなめちゃん……。何年前《なんねんまえ》の話《はなし》なんだろう。

たしかに頭《あたま》の片隅《かたすみ》になんとなく浮《う》かぶ顔《かお》はある。

あれは……。あれはいつだっけ？

こもれびの中《なか》。ふわふわ舞《ま》う、あわいピンク。

やわらかい風《かぜ》がゆらすのは、ちょっとだけクセのある真《ま》っ黒《くろ》な髪《かみ》。

木々《きぎ》のすき間《ま》を抜《ぬ》けて、差《さ》し込《こ》む光《ひかり》の筋《すじ》。

その光《ひかり》のシャワーを浴《あ》びて、微笑《ほほえ》むのは……。

頬《ほお》をピンクに染《そ》めた、色素《しきそ》のうすい、まるでお人形《にんぎょう》のような顔《かお》の——。

あれ？　おかしいな。それ以上思《いじょうおも》い出《だ》せない。

本当《ほんとう》に断片的《だんぺんてき》に、頭《あたま》の中《なか》に浮《う》かんでくる。

——相田《あいだ》さんちの女《おんな》の子《こ》が、その子《こ》なんだろうか。

でも、同《おな》い年《どし》の女《おんな》の子《こ》がいるなら少《すこ》しは心強《こころづよ》い。

わたしは、パパたちが帰《かえ》ってくるまで、来週《らいしゅう》から相田《あいだ》さんのお宅《たく》にお世話《せわ》になることになった。


数日後《すうじつご》。

わたしたち三人《さんにん》を乗《の》せた車《くるま》は、順調《じゅんちょう》に国道《こくどう》を走《はし》っていた。

憂《ゆう》うつなわたしをよそに、外国好《がいこくず》きのパパたちは、アメリカへ行《い》ってからの予定《よてい》を話《はな》し合《あ》っている。

どうなってるのよ、このふたりは。

わたしのこと、全然心配《ぜんぜんしんぱい》じゃないみたい。

よっぽど、そのパパの親友《しんゆう》は信用《しんよう》されているんだろう。

この二《に》、三日《さんにち》のうちに、ほとんどの荷物《にもつ》は運《はこ》んであった。

もともと隣町《となりまち》だったから、通学時間《つうがくじかん》もさほど変《か》わりない。

しばらくパパたちの外国話《がいこくばなし》に耳《みみ》をかたむけていると、車《くるま》はすべり込《こ》むように、ある家《いえ》の前《まえ》で止《と》まった。

大《おお》きな家《いえ》が立《た》ち並《なら》ぶそこは、閑静《かんせい》な住宅街《じゅうたくがい》だ。


「未央《みお》のことお願《ねが》いします。わがままなところもあると思《おも》いますが……」

「いやいや、うちにこんなかわいい女《おんな》の子《こ》が来《き》てくれるなんて。ね、母《かあ》さん」

鼻《はな》の下《した》に少《すこ》しひげをはやし、メガネをかけた、優《やさ》しそうなおじさん。

この人《ひと》がパパの親友《しんゆう》の相田浩介《あいだこうすけ》さんだ。今日《きょう》は仕事《しごと》がお休《やす》みで、これから日課《にっか》のウォーキングに行《い》くところだと話《はな》してくれた。

そして、その隣《となり》に、とても健康《けんこう》そうなふっくらとした女《おんな》の人《ひと》がニコニコしながら立《た》っていた。

この人《ひと》が奥《おく》さんで、相田佐紀子《あいださきこ》さん。

「しばらく、お世話《せわ》になります」

わたしは、ペコリと頭《あたま》を下《さ》げた。

茶色《ちゃいろ》がかったわたしの長《なが》い髪《かみ》が、一緒《いっしょ》になってサラサラと動《うご》いた。

耳《みみ》にかけながら顔《かお》を上《あ》げ、相田夫妻《あいだふさい》に笑顔《えがお》を向《む》ける。

昨日《きのう》、鏡《かがみ》の前《まえ》で練習《れんしゅう》した、とびきりの笑顔《えがお》。

「こんなかわいい子《こ》がうちにいるなんて、きっとかなめがびっくりしちゃうわね」

おばさんが、言《い》った。

「それじゃあ、未央《みお》行《い》ってくるね」

パパがそう言《い》って大《おお》きなキャリーケースを手《て》にした。

ママはわたしを胸《むね》の中《なか》に抱《だ》き込《こ》むと、「しっかりね」と言《い》ってその腕《うで》に力《ちから》を込《こ》める。

「いってらっしゃい」

少《すこ》しのさみしさを隠《かく》すように笑顔《えがお》で言《い》うと、パパとママは交互《こうご》にわたしの頭《あたま》をなでて、タクシーに乗《の》り込《こ》んだ。

二人《ふたり》が乗《の》ったタクシーが走《はし》り去《さ》るのを見送《みおく》って、わたしは佐紀子《さきこ》おばさんにうながされながら、家《いえ》に入《はい》った。

まだ、かなめちゃんは学校《がっこう》らしい。ママの話《はなし》によれば、わたしと同《おな》じ学校《がっこう》なんだよね。
わたしは帰宅部《きたくぶ》だからすぐ帰《かえ》ってきたけど、かなめちゃんは部活《ぶかつ》をやっているようで、
帰《かえ》りはいつも七時近《しちじちか》くになるって言《い》ってた。

—ガチャ。
その時《とき》、不意《ふい》に玄関《げんかん》のドアが開《ひら》く音《おと》がした。
帰《かえ》ってきた！
急《きゅう》に心臓《しんぞう》がものすごい速《はや》さで鼓動《こどう》を打《う》ち始《はじ》める。
—ドクドク。
玄関《げんかん》でなにやら話《はな》し声《ごえ》が聞《き》こえ、それはだんだんとリビングに近《ちか》づいてきた。
あわわわっ。
どど、どうしよう……。かなめちゃんかな？
初《はじ》めはなんて言《い》えばいいんだっけ……。

昨日《きのう》、笑顔《えがお》の練習《れんしゅう》と一緒《いっしょ》にいっぱい考《かんが》えた言葉《ことば》が出《で》てこない。

そして――リビングのドアが開《あ》いた。

来《き》たぁ！

「あっあの！　おじゃましてますっ。わ、わたし、今日《きょう》からしばらくここでお世話《せわ》になります、桜井未央《さくらいみお》ですっ！　よろしくお願《ねが》いします！」

ガバリ！

思《おも》い切《き》り頭《あたま》を下《さ》げて、ついでにぎゅっと目《め》も閉《と》じる。

だけどいっこうに返事《へんじ》はなくて……。

かえってきたのはたった一言《ひとこと》。

「……え、誰《だれ》？」

意地悪《いじわる》なアイツ

「……？」
思《おも》わず顔《かお》を上《あ》げると、誰《だれ》かが、おじさんの後《うし》ろから顔《かお》をのぞかせた。
——え？
あなたこそ、誰《だれ》？
わたしは首《くび》をかしげて眉《まゆ》をひそめた。
だって……。
そこにいるのは、見慣《みな》れた制服《せいふく》に身《み》を包《つつ》んだ同《おな》じ年《とし》くらいの〝男《おとこ》の子《こ》〟。
え、お、男《おとこ》の子《こ》？
「あぁ、未央《みお》ちゃん、覚《おぼ》えてるかな？　息子《むすこ》の要《かなめ》だよ」
待《ま》って……？　今《いま》、ムスコって言《い》いました？
ム・ス・コ。息子《むすこ》ぉぉぉ!?
子供《こども》は女《おんな》の子《こ》で、かなめちゃんでしょ？　息子《むすこ》のかなめって……。

「…………」

ってことは……。かか……か、かんちがい⁉

「ええええっ⁉」

「あぁ、あんたが未央《みお》」

要《かなめ》は「そういえば」と思《おも》い出《だ》したようで、腕組《うでぐ》みをしてわたしを頭《あたま》のてっぺんから足《あし》のつま先《さき》まで、なめるようにジロジロ見《み》た。

な、なによ。

なんでこの人《ひと》、こんなに感《かん》じ悪《わる》いの？

しかも『未央《みお》』って……わたしのことすでに呼《よ》び捨《す》てだし！
「要《かなめ》、あんた未央《みお》ちゃんに失礼《しつれい》じゃない」
佐紀子《さきこ》おばさんが要《かなめ》の頭《あたま》を軽《かる》くこづく。
ほんとに失礼《しつれい》だっ！
わたしは思《おも》わずそう口《くち》に出《だ》しそうになり、グッとこらえた。
「ほら、仲《なか》よくしてよね」
おばさんに言《い》われ、しぶしぶわたしの前《まえ》にやって来《き》た。
目《め》の前《まえ》まで来《き》た要《かなめ》は、わたしより頭《あたま》ひとつぶん以上《いじょう》大《おお》きかった。
わ、背高《せたか》い……。
——ん？　ちょっと待《ま》って？
じゃあ、あの記憶《きおく》の片隅《かたすみ》の女《おんな》の子《こ》は誰《だれ》なんだろう？
……？　ま、いいか。
そっと見上《みあ》げると、要《かなめ》と思《おも》いっきり目《め》が合《あ》ってしまい、勝手《かって》に胸《むね》が高鳴《たかな》った。
う……うわ。
わたしを見下《みお》ろすその瞳《ひとみ》は、きれいでうすく茶色《ちゃいろ》がかっている。

女《おんな》の子《こ》が嫉妬《しっと》しちゃいそうなくらいきれいな肌《はだ》に、黒《くろ》くて少《すこ》しウエーブがかかった髪《かみ》が、さらに要《かなめ》を目立《めだ》たせていた。

その細《ほそ》い体《からだ》のラインには、着《き》くずしたブレザーがよく似合《にあ》っている。

「……う……」

要《かなめ》の圧倒的《あっとうてき》オーラに、思《おも》わずひるんでしまう。

で、でも、負《ま》けちゃダメだ！

要《かなめ》は右手《みぎて》を差《さ》し出《だ》した。

なんで差《さ》し出《だ》されたのかわからず、その手《て》を見《み》つめていると、強制的《きょうせいてき》に要《かなめ》はわたしの右手《みぎて》をつかんだ。

「よろしく。未央《みお》」

要《かなめ》はわたしの手《て》をぎゅっとにぎりしめ、口《くち》の端《はし》を少《すこ》しだけ上《あ》げた。

その顔《かお》は、まるでいたずら好《ず》きの子《こ》どもみたいだ。

「ありがとうね、未央《みお》ちゃん。今日《きょう》は疲《つか》れたでしょ。お風呂《ふろ》入《はい》って早《はや》めに寝《ね》るといいわ」

夕飯《ゆうはん》を食《た》べ終《お》わり、洗《あら》い物《もの》を手伝《てつだ》うわたしに、おばさんは言《い》った。

「ありがとうございます」

わたしはすぐさまお礼《れい》を言《い》う。お世話《せわ》になっているのはこっちなんだもん。

「それと、うちでは敬語禁止《けいごきんし》よ。いいわね？」

「はい……あ……ありがとうっ」

なんだか急《きゅう》に照《て》れくさくなった。


おばさんのお言葉《ことば》に甘《あま》えて先《さき》にお風呂《ふろ》に入《はい》らせてもらい、部屋《へや》に向《む》かう。

三階建《さんかいだ》てのこの家《いえ》には庭《にわ》とガレージがついており、一階《いっかい》にはリビングとダイニングキッチン、和室《わしつ》もある。

夫妻《ふうふ》の寝室《しんしつ》は一階《いっかい》。二階《にかい》は、要《かなめ》の部屋《へや》、わたしが借《か》りる部屋《へや》、あともうひとつ客室《きゃくしつ》があって、三階《さんかい》はほとんど使《つか》わないみたい。

わたしはひとり部屋《へや》に戻《もど》り、荷物《にもつ》を整理《せいり》していた。

——コンコン。

その時《とき》、誰《だれ》かがドアをノックした。

壁《かべ》にかかっている大《おお》きな時計《とけい》に目《め》をやると、時間《じかん》はすでに夜《よる》の十一時《じゅういちじ》を回《まわ》っている。

……こんな時間《じかん》に？　なにかあったのかな？

「はーい」

わたしの声《こえ》を確認《かくにん》すると、ゆっくりと部屋《へや》のドアが開《あ》いた。

少《すこ》しだけ開《ひら》いたドアの間《あいだ》から、ひょいっと顔《かお》をのぞかせたのは、要《かなめ》だった。

制服姿《せいふくすがた》じゃない要《かなめ》に、胸《むね》がドキリと音《おと》を立《た》てる。

うぅ……。ただでさえ、男《おとこ》の子《こ》は苦手《にがて》なのに……。

心拍数《しんぱくすう》を上《あ》げていくわたしの体《からだ》。

それに気《き》づかれないように、わたしは平静《へいせい》をよそおって要《かなめ》を見上《みあ》げた。

「な、なに？」

思《おも》わず身《み》がまえてしまう。

静《しず》かにドアを閉《し》めると、要《かなめ》は部屋《へや》の中《なか》に視線《しせん》をめぐらせた。

「へぇ。なんかもう、女《おんな》の子《こ》の部屋《へや》って感《かん》じ」

なんの遠慮《えんりょ》もなく、要《かなめ》は部屋《へや》を見渡《みわた》しながらこっちにやって来《く》る。

ドキン。ドキン。

あー、もう！　静《しず》まれ、心臓《しんぞう》っっ！

「……お前《まえ》さ、同《おな》じ学校《がっこう》なんだって？」

「へっ!?　……そ、そう……みたいだね」

ひゃー。めちゃくちゃ動揺《どうよう》して変《へん》な声《こえ》が出《で》ちゃった。

「ふぅん」

要《かなめ》はなんだか興味《きょうみ》なさそうにそう言《い》って、ベッドに腰《こし》を下《お》ろした。

な、なによ。質問《しつもん》してきたのは、そっちなのに。

ベッドに両手《りょうて》をついた要《かなめ》は、不意《ふい》にわたしの瞳《ひとみ》をとらえると、ちょっとバカにしたように口《くち》もとをゆるめた。

「そういや、親父《おやじ》に聞《き》いたんだけど。俺《おれ》のこと、女《おんな》と思《おも》ってたのな」

「えっ!?　……や、えと……そ、それはぁ」

じょ……情報《じょうほう》、早《はや》っ！

要《かなめ》はそのきれいな顔《かお》に似合《にあ》わない不敵《ふてき》な笑《え》みを浮《う》かべて、床《ゆか》に転《ころ》がっていたぬいぐるみを手《て》にとった。

それはうちの両親《りょうしん》のせいなんだから！

誰《だれ》だってかなめ〝ちゃん〟と聞《き》けば、女《おんな》の子《こ》を思《おも》い浮《う》かべるはず。

そんなわたしの表情《ひょうじょう》をうかがいながら、要《かなめ》は続《つづ》けた。

「未央《みお》って朝《あさ》、強《つよ》い？」

「……あさ？」

すぐに理解《りかい》ができず、首《くび》をかしげる。

いきなり話《はなし》が変《か》わってますが？

そんなわたしにおかまいなしに、要《かなめ》は子犬《こいぬ》のような瞳《ひとみ》でわたしを見《み》つめた。

ドキン！

な、なな……なにその顔《かお》っ！

「未央《みお》に頼《たの》みがあるんだ」

要《かなめ》はクリクリのまあるい瞳《ひとみ》をウルウルさせて、わたしを見上《みあ》げて言《い》った。

「朝《あさ》、起《お》こしにきてよ？」

「ヘッ!?」

朝起《あさお》こすって……。それ……今《いま》、わたしに言《い》ったの？

それはたぶん、あなたのお母《かあ》さんに言《い》うべきことじゃないかしら？

「どうなの？」

「どうって……な、なんで？」

わたしが聞《き》くと、要《かなめ》は真剣《しんけん》な表情《ひょうじょう》になって言《い》った。

「俺《おれ》……目覚《めざ》ましだけじゃ起《お》きられなくてさ。母《かあ》さんに頼《たの》むのは、なんつーか……もうこの年《とし》だし？　まあ、俺《おれ》のことはほったらかしだし……」

「……へ、へぇ」

要《かなめ》は手《て》に持《も》っていたぬいぐるみを床《ゆか》に戻《もど》した。

理由《りゆう》はよくわからなかったけど、居候《いそうろう》の身《み》だし。

それくらいはしてもいいか。

「で？　返事《へんじ》は？」

「え？　……えっと、起《お》こすだけなら……」

「マジ？　よかった。じゃあ、明日《あした》からよろしく」

そう言《い》って、要《かなめ》はとびきりの笑顔《えがお》をわたしにむけると、さっさと部屋《へや》をあとにした。

……『返事《へんじ》は？』って、なんですでに上《うえ》から目線《めせん》なのかな？

わたしは要《かなめ》が出《で》ていったドアを見《み》つめたまま、これからが心配《しんぱい》になった。

わたし、どれくらいここで暮《く》らさなきゃいけないのかな……。

布団《ふとん》の中《なか》にもぐって、今日《きょう》の出来事《できごと》を思《おも》い返《かえ》す。

パパとママはアメリカに行《い》ってしまうし、おじさんとおばさんは優《やさ》しそうだけど、女《おんな》の子《こ》だと思《おも》っていた子《こ》は、実《じつ》は男《おとこ》の子《こ》だし。

しかもその男《おとこ》の子《こ》は、わたしと同《おな》じ学校《がっこう》。

わたしたちが一緒《いっしょ》に暮《く》らしてること、ウワサになっちゃったらどうしよう……！

ふと、リビングで会《あ》った時《とき》の要《かなめ》の視線《しせん》を思《おも》い出《だ》す。

ジッと見《み》つめられてると、その瞳《ひとみ》の中《なか》に吸《す》い込《こ》まれそうになってしまう。

挑発的《ちょうはってき》な笑顔《えがお》。口調《くちょう》。

わたし……これから大丈夫《だいじょうぶ》かな？

そんなことを思《おも》っているうちに、わたしは眠《ねむ》りに落《お》ちた。

思《おも》わぬ同居生活《どうきょせいかつ》

次《つぎ》の日《ひ》。

わたしは制服《せいふく》に着替《きが》えて、鏡《かがみ》の中《なか》の自分《じぶん》を見《み》つめた。

顔《かお》まわりの髪《かみ》でみつ編《あ》みを作《つく》って、それをうしろでくくった。

髪《かみ》をいじるのが好《す》きで、いつも、いろんな髪型《かみがた》にするのがわたしの楽《たの》しみ。

さて、と。

要《かなめ》を……起《お》こさなきゃならない。昨日《きのう》、約束《やくそく》をしてしまったんだ。

はああ。朝《あさ》からすっごく憂《ゆう》うつな気分《きぶん》。

要《かなめ》の部屋《へや》の前《まえ》。

ドアノブに手《て》をかけては、ため息《いき》をついて、ウロウロと自分《じぶん》の部屋《へや》に戻《もど》り、また、この部屋《へや》のドアとにらめっこ。

そのくり返《かえ》しを、かれこれ十分《じっぷん》。

意《い》を決《けっ》して、わたしはドアをたたいた。

――コンコン。

「…………」

返事《へんじ》はない。

「入《はい》りまーす……」

――カチャ。

ゆっくりとドアを開《あ》けて、部屋《へや》の中《なか》をのぞき込《こ》んだ。

「…………」

これが、要《かなめ》の部屋《へや》……か。なんか想像《そうぞう》してたのと違《ちが》って、びっくり。

だって。もっと、散《ち》らかっているのかと思《おも》ってたから。

机《つくえ》の上《うえ》は整《せい》とんされて、小《ちい》さなパソコンが一台《いちだい》置《お》いてある。

服《ふく》だって、ちゃーんとタンスに収《おさ》まってるみたいだし。

意外《いがい》と、きれいにしてるんだ。

わたしはドアのすき間《ま》から顔《かお》を出《だ》したまま、中《なか》へ入《はい》れずにいた。

わあ……なんだろう、あれ。

おしゃれな棚《たな》には、ガラスでできた小《ちい》さな箱《はこ》がキラキラと朝日《あさひ》を反射《はんしゃ》していた。

中《なか》には……指輪《ゆびわ》？　それにネックレスもある。
そこにはいくつものシルバーアクセサリーが並《なら》んでいた。
ふぅん、好《す》きなんだ……。
「…………」
それに、なんだろう。このいい香《かお》りは？
さわやかで……でもほんの少《すこ》し甘《あま》い。香水《こうすい》……なのかな？
って！　わたしってば、なにしてんのよ！
ここに来《き》た目的《もくてき》、忘《わす》れたの？
「……すぅーっ、はぁあ」
大《おお》きく深呼吸《しんこきゅう》をして、わたしは意《い》を決《けっ》し、室内《しつない》へ足《あし》をふみ入《い》れた。
黒《くろ》で統一《とういつ》されたシンプルな家具《かぐ》。
イケナイとわかってても、わたしの視線《しせん》は部屋《へや》をぐるぐると見渡《みわた》してしまう。
ようやく、たどり着《つ》いたベッド。
布団《ふとん》から、一定《いってい》のリズムを刻《きざ》む寝息《ねいき》が聞《き》こえる。
そーっとのぞき込《こ》んでみる。

要《かなめ》の顔《かお》を至近距離《しきんきょり》で見《み》るのは、これが初《はじ》めて。
――ゴクリ。
思《おも》わず唾《つば》を飲《の》み込《こ》んだ。
……すっごくかわいい寝顔《ねがお》！　それにまつ毛《げ》長《なが》い！
じぃぃー。
思《おも》わずじっと見《み》つめてしまう。
無防備《むぼうび》なその寝顔《ねがお》からは、昨夜《さくや》の不敵《ふてき》な笑顔《えがお》なんて一《いち》ミリも想像《そうぞう》もできない。
血色《けっしょく》のいい頬《ほお》、スッと通《とお》った形《かたち》のいい鼻《はな》。
うすい唇《くちびる》は、熟《う》れた果実《かじつ》のように赤《あか》く色《いろ》づいている。
男《おとこ》の子《こ》なのに、なんでこんなきれいなの。
ま、負《ま》けた……。
「んー……」
ドキッ！
とつぜん要《かなめ》が寝返《ねがえ》りを打《う》ったので、あわてて離《はな》れた。
あわわわ。な、なにしてんだろ。

わたしは、スウッと息《いき》を吸《す》い込《こ》んだ。

「か、要《かなめ》……くん？」

遠慮《えんりょ》がちに要《かなめ》の肩《かた》をゆする。だけど、いっこうに起《お》きる気配《けはい》がない。

……む。

早《はや》く起《お》きてくれないかなっ！

「要《かなめ》くん！　朝《あさ》だよっ、起《お》きて……わっ⁉」

え⁉

不意《ふい》に腕《うで》を引《ひ》っぱられる。

「……ちょ、ちょっと！」

その直後《ちょくご》、わたしはなぜか要《かなめ》の腕《うで》の中《なか》にいた。

「…………」

な、なに、この状況《じょうきょう》⁉

ドキン、ドキン。

予想外《よそうがい》の事態《じたい》に、心臓《しんぞう》がものすごい勢《いきお》いで加速《かそく》を始《はじ》めた。
わたしの思考回路《しこうかいろ》は緊急停止《きんきゅうていし》。
……って。なんとかしなきゃ！
離《はな》れようと力《ちから》を入《い》れると、要《かなめ》はギュッとわたしの体《からだ》を引《ひ》き寄《よ》せる。
強《つよ》い力《ちから》。到底《とうてい》かなうわけがない。
小《ちい》さなわたしの体《からだ》は、要《かなめ》の腕《うで》の中《なか》にすっぽりと収《おさ》まってしまう。
「……ちご」
え？　ちご？
苺《いちご》？
なんだろ、すごくいい香《かお》り。
男《おとこ》の子《こ》なのに、なんでこんな甘《あま》い匂《にお》いがするのかな？
でも、苺《いちご》とはちょっと違《ちが》う気《き》がするけど……。
頭《あたま》がクラクラして、意識《いしき》がもうろうとしてきた。
ううう……。
「起《お》きてっ、起《お》きてってばっ！」

わたしは要《かなめ》の体《からだ》を、力任《ちからまか》せにたたいた。

「……いてっ！　……ちょ、やめろって」

ポカポカとたたいていたわたしの手《て》を、あっさりと要《かなめ》の手《て》がとらえた。

わたしの腕《うで》をしっかりつかまえ、それでもまだ眠《ねむ》そうに片目《かため》を開《あ》けた要《かなめ》と、視線《しせん》がぶつかる。

「……おはよ」

なんと言《い》っていいかわからず、とりあえず引《ひ》きつった笑顔《えがお》を作《つく》る。

要《かなめ》の顔《かお》が目《め》の前《まえ》にある。

布団《ふとん》の中《なか》で抱《だ》き合《あ》うようになってしまっているわたしたち。

要《かなめ》はいまだ、わたしの顔《かお》をじっと見《み》つめてる。

どうやら、この状況《じょうきょう》が理解《りかい》できていないらしい。

「…………」

ドクン。ドクン。ドクン。

わたしは、異常《いじょう》なほどまばたきをくり返《かえ》してしまう。

「……あー……、はよ」

そう言《い》って、要《かなめ》は悪《わる》びれる様子《ようす》もなくつかんでいたわたしの手《て》を離《はな》した。

わたしはあわててベッドから降《お》りると、くしゃくしゃになった制服《せいふく》のスカートを整《ととの》える。

なんなの？　謝《あやま》るのが先《さき》じゃないかな！

「……俺《おれ》さ、なんか変《へん》なこと言《い》わなかった？」

「へ？」

要《かなめ》は寝《ね》グセのついた髪《かみ》をクシャクシャとかきまわしながら、わたしを見上《みあ》げた。

わたしは一瞬《いっしゅんかんが》考えてこう言《い》った。

「……そういえば『いちご』って」

髪《かみ》をさわっていた手《て》がピクリと止《と》まる。

少《すこ》しだけ目《め》を見開《みひら》いて、何度《なんど》もまばたきをした要《かなめ》は、わたしの表情《ひょうじょう》をうかがってるようにも見《み》える。

……え？　当《あ》たり？

——でも。

要《かなめ》は、ゆっくりとベッドから立《た》ち上《あ》がった。

じっと見下《みお》ろされ、やっと落《お》ち着《つ》いた心臓《しんぞう》が思《おも》い出《だ》したみたいにドクンドクンと早鐘《はやがね》を鳴《な》らす。

そのまま距離《きょり》を詰《つ》められて、要《かなめ》は私《わたし》と視線《しせん》を合《あ》わせるようにのぞき込《こ》んだ。

「……その無防備《むぼうび》な顔《かお》、むかつく」

「っ！」

吐息《といき》まじりの低《ひく》い声《こえ》が、わたしの耳《みみ》たぶをくすぐった。

驚《おどろ》いてとっさに手《て》で耳《みみ》を隠《かく》す。

そんなわたしと目《め》が合《あ》うと、要《かなめ》はふっと軽《かる》く笑《わら》った。

要《かなめ》の両手《りょうて》が、遠慮《えんりょ》なく伸《の》びてくる。

「明日《あした》もこうやって起《お》こすの？　俺《おれ》を」

気《き》が付《つ》いた時《とき》には、背《せ》の高《たか》い要《かなめ》に抱《だ》きすくめられていた。

ついでにからかうような声色《こわいろ》が頭上《ずじょう》から落《お》ちてくる。

「積極的《せっきょくてき》なんだな。未央《みお》って」

は？

「な、な……な、ばっかじゃないの⁉」

目《め》の前《まえ》には、おいしそうにこんがりと焼《や》きあがったトースト。

その上《うえ》にたっぷりの苺《いちご》ジャムをのせる。

もう、たまんないっ。苺《いちご》ジャム、大好《だいす》きなんだぁ。

リビングでわたしと要《かなめ》は、朝食《ちょうしょく》をとっていた。

「…………」

チラリと要《かなめ》を見《み》る。

わたしのななめ向《む》かい側《がわ》に座《すわ》る要《かなめ》。見慣《みな》れた学校《がっこう》の制服《せいふく》を着《き》た要《かなめ》の首《くび》にはネクタイが無造作《むぞうさ》にかかっている。ふてくされたように、トーストに手《て》を伸《の》ばす要《かなめ》。

その頬《ほお》は、まるで苺《いちご》ジャムのように赤《あか》くはれている。

……わたしがたたいたからなんだけど。

ジッと見《み》つめていたわたしに気《き》づいて、要《かなめ》は顔《かお》を上《あ》げた。

ぶつかる視線《しせん》。

……ふーんだ！

わたしは思《おも》いきり、顔《かお》をそむけた。

そんなわたしを見《み》て、今《いま》まさにトーストをかじろうとしていた要《かなめ》の動《うご》きが止《と》まる。

「未央《みお》、あのなぁ……」

なによ！

わたし、怒《おこ》ってるんだからね！

元《もと》はと言《い》えば、寝《ね》ぼけてわたしのこと抱《だ》きしめたのは要《かなめ》が悪《わる》いんだから！

要《かなめ》がなにか言《い》いかけた時《とき》、タイミングよくリビングに入《はい》ってきたのはおじさんだ。

「あ、おはようございます」

わたしは、とびきりの笑顔《えがお》であいさつをする。

その変《か》わりように、要《かなめ》は「はあ」とため息《いき》をついた。

「あぁ、未央《みお》ちゃん。おはよう」

要《かなめ》になんか、笑《わら》ってあげないもん。

ひそかにそう決意《けつい》して、わたしはおじさんの顔《かお》を見上《みあ》げた。

あれ？　なんだか浮《う》かない表情《ひょうじょう》。

どうしたんだろう……。

――カチャ。

それに続《つづ》いておばさんが入《はい》ってきた。

「おはよう……おばさん」

おばさんも、なんだか青《あお》い顔《かお》をしている。

ふくよかな体格《たいかく》のおばさんが、そのせいでひと回《まわ》り小《ちい》さく見《み》えた。

要《かなめ》もそんなふたりの様子《ようす》を眺《なが》めながら、トーストの最後《さいご》のひとかけらを、口《くち》の中《なか》に放《ほう》りこんだ。

「なにかあったの？」

要《かなめ》の隣《となり》に腰《こし》を下《お》ろすおじさんを見上《みあ》げながら、わたしはうちから持《も》ってきたグラスに手《て》を伸《の》ばす。

「んー……」

そんなわたしに視線《しせん》を合《あ》わせずに、おじさんは言葉《ことば》をにごした。

いったい、どうしたんだろう？

「要《かなめ》、未央《みお》ちゃん。実《じつ》は……」

そして、おじさんはその重《おも》い口《くち》をゆっくり開《ひら》いた。

「実《じつ》は……長《なが》い出張《しゅっちょう》に行《い》かなければならなくなってしまったんだ」

……え？　しゅ……出張《しゅっちょう》？

「出張《しゅっちょう》って……おじさんも？」

驚《おどろ》いて思《おも》わずイスから立《た》ち上《あ》がったわたしとは対照的《たいしょうてき》に、要《かなめ》はすずしい顔《かお》でトロトロの目玉焼《めだまや》きを頬《ほお》ばっていた。

「昨日《きのう》の夜《よる》、会社《かいしゃ》から電話《でんわ》があってな。もともと別《べつ》のヤツが行《い》くはずだったんだが……急《きゅう》に胃《い》かいようになってしまって」

「……それで、おじさんが代《か》わりに行《い》くの？」

「まぁ……そういうことかな。三《さん》か月程度《げつていど》なんだけどね」

なんだ……だけど、ずっとじゃないんだ。

それにおばさんはいてくれるわけだし、なんの問題《もんだい》もないじゃない。

「それでね……その出張先《しゅっちょうさき》なんだけど」

今度《こんど》はおばさんが話《はな》し出《だ》す。

「北海道《ほっかいどう》なのよ」

「北海道《ほっかいどう》？」

わたしは思《おも》わずカニを思《おも》い浮《う》かべた。

おいしいんだよね、やっぱり本場《ほんば》のタラバガニって。

「それでね……おばさんもしばらくついていかないといけなくてね」

「え……」

ええええ!? ちょ……ちょっと待《ま》って!

おばさんも行《い》っちゃうの!?

手《て》に持《も》っていたグラスからオレンジジュースがこぼれそうになって、それをなんとか食《く》い止《と》めた。

おじさんもおばさんも北海道《ほっかいどう》に行《い》っちゃうってことは、わたしたちはどうなるの?

「未央《みお》ちゃん、せっかくうちに来《き》てもらったのに、早々《そうそう》にこんなことになっちゃってごめんね……。おじさんのお仕事《しごと》の都合《つごう》でどうしてもついていかなくちゃならなくて。最初《さいしょ》の数日《すうじつ》だけでいいから夫婦《ふうふ》そろって来《き》てほしいって、向《む》こうの人《ひと》にも頼《たの》みこまれちゃって。お世話《せわ》になってる人《ひと》だから断《ことわ》れなかったのよ」

ふたりとも、とても、申《もう》し訳《わけ》なさそうに目《め》を伏《ふ》せた。

そっか……。わたし、この家《いえ》とは縁《えん》がなかったんだ。

うん、でも平気《へいき》。ひとりでも大丈夫《だいじょうぶ》。

「それで……未央《みお》ちゃんはどうしたいかな?」

「え？」

突然《とつぜん》そう言《い》われ、ハッとして顔《かお》を上《あ》げる。

おばさんの真剣《しんけん》な瞳《ひとみ》がわたしを見《み》すえていた。

「長《なが》くて数週間《すうしゅうかん》……おばさんがいないのはそれくらいなんだけど、不安《ふあん》なら海外《かいがい》のお父《とう》さんたちのところへ行《い》く？　もしそうしたいなら、おばさんたちが責任《せきにん》もって手配《てはい》する。

未央《みお》ちゃん自身《じしん》、どうしたいと思《おも》う？」

「…………」

テレビから聞《き》こえる朝《あさ》のニュース番組《ばんぐみ》の音《おと》だけが、シンとしたダイニングに響《ひび》いた。

わたし……。わたしは……。

「迷惑《めいわく》じゃなければ……ここにいたいです」

パパもママも、きっとそうしろって言《い》ってくれるはず。

つかの間《ま》の沈黙《ちんもく》。


「うん……！　よし、それなら要《かなめ》っ」

おばさんはパチンと両手《りょうて》をたたくと、ただ黙《だま》って話《はなし》を聞《き》いていた要《かなめ》を見《み》た。

グラスに入《はい》ったオレンジジュースを口《くち》に運《はこ》びながら、視線《しせん》だけを上《あ》げた要《かなめ》。

「それまで要《かなめ》、未央《みお》ちゃんのこと、頼《たの》んだわよ」

「……ぶはっ！　ゴホッゴホッ」

おばさんの言葉《ことば》に、要《かなめ》は飲《の》んでいたジュースを吹《ふ》き出《だ》した。

…………。ああああっ！

そっか！　そういうことになるのかっ！

「……え、えと」

要《かなめ》は手《て》の甲《こう》で口元《くちもと》をぬぐうと、乱《みだ》れた息《いき》を整《ととの》えるように小《ちい》さく息《いき》を吐《は》いた。

「……頼《たの》む、って」

まるで金魚《きんぎょ》みたいに、わたしはポカンと口《くち》を開《あ》けたまま。

ジトっと目《め》を細《ほそ》めて、要《かなめ》はおばさんたちをにらむ。そんな彼《かれ》をチラリと見《み》ると、わたしの視線《しせん》に気《き》づいて要《かなめ》は顔《かお》を上《あ》げた。

「ケガさせないように、傷《きず》つかせないように。未央《みお》ちゃんを絶対守《ぜったいまも》りなさいよ」

おばさんとおじさんは要《かなめ》に何度《なんど》も念《ねん》を押《お》す。

お、重《おも》いよ〜……。絶対《ぜったい》いやだって思《おも》われてる。

要《かなめ》と言《い》えば、まるで自分《じぶん》には関係《かんけい》ないって感《かん》じで残《のこ》っていたジュースをゴクゴクと飲《の》み干《ほ》した。

その上下《じょうげ》する喉《のど》もとに、なぜかくぎづけになっている自分《じぶん》に気《き》づいてあわてて顔《かお》をそらす。

「――出来《でき》るだけ早《はや》く帰《かえ》ってこいよ」

仕方《しかた》ないって感《かん》じでそう言《い》うと、空《から》になったグラスをテーブルに置《お》いた要《かなめ》は、首《くび》にかけていたネクタイを結《むす》んでいく。

「それでこそ相田家《あいだけ》の息子《むすこ》！」

おばさんが力強《ちからづよ》くうなずく。顔《かお》を上《あ》げた要《かなめ》の瞳《ひとみ》が、わたしをしっかりととらえた。

からまる視線《しせん》。

「……てことらしいから。おとなしく俺《おれ》に守《まも》られてろよ？」

「…………」

口角《こうかく》を上《あ》げて、フッてうすく笑《わら》った要《かなめ》。

小首《こくび》をかしげたその仕草《しぐさ》に合《あ》わせて、ふわふわの髪《かみ》がゆれる。

その瞬間《しゅんかん》、心臓《しんぞう》がドキンって弾《はじ》けた。

な、な……。

「未央《みお》ちゃん、よろしくね」

おじさんとおばさんがわたしの手《て》を握《にぎ》る。

「あ……はい」

わたしはなんとかうなずいて、引《ひ》きつった笑顔《えがお》をつくる。

なんか、すごいこと言《い》われたような……。

顔《かお》を真《ま》っ赤《か》に染《そ》めたわたしを見《み》て要《かなめ》が、いじわるに目《め》を細《ほそ》めた気《き》がした。

恋《こい》するオトメ？

学校《がっこう》に向《む》かう足《あし》が重《おも》い。まるで鉛《なまり》でもついてるみたい。

とうとう足《あし》を前《まえ》に出《だ》す力《ちから》を失《うしな》って、わたしは大《おお》きなため息《いき》をつく。

「……あの、どうしてついてくるの？」

わたしの数歩《すうほ》後《うし》ろを歩《ある》いていた、元凶《げんきょう》である要《かなめ》をジロリと見《み》た。

「どうしてって言《い》われても……俺《おれ》も同《おな》じ方向《ほうこう》だし？」

きょとんと首《くび》をかしげた要《かなめ》は、ふわふわの前髪《まえがみ》をゆらしながら、胸《むね》の前《まえ》で進路《しんろ》方向《ほうこう》を指《さ》し示《しめ》した。その仕草《しぐさ》が、リビングでのやり

取《と》りと重《かさ》なって、勝手《かって》に頬《ほお》が熱《あつ》くなる。

……って、違《ちが》う、違《ちが》う。しっかりしてわたし！

「で、でも！　もう少《すこ》し離《はな》れて歩《ある》いてくんないかなっ」

「そうは言《い》っても、お前歩《まえある》くのおせえし」

面倒《めんどう》くさそうに目《め》を細《ほそ》めると、わたしに追《お》いついた要《かなめ》は挑発《ちょうはつ》するみたいに、視線《しせん》だけをわたしに移《うつ》した。

「な、なら時間帯《じかんたい》変《か》える！」

そう言《い》ったわたしをおもしろそうに眺《なが》める要《かなめ》。

思《おも》い切《き》り頬《ほお》をふくらませたまま、くるりと向《む》きを変《か》えて学校《がっこう》へ急《いそ》いだ。

そんなわたしの背中《せなか》に、ひと言《こと》。

「でも、朝《あさ》は起《お》こせよ」

「……わかってるよ！」

追《お》いつかれないように大《おお》またで歩《ある》きながら、チラリと振《ふ》り返《かえ》る。

両手《りょうて》をズボンのポケットに突《つ》っ込《こ》んだ要《かなめ》が、ニヤリと笑《わら》った。

もうっ、なんなのアイツ……！

「おはよー」

それは、いつもの朝《あさ》の風景《ふうけい》。おだやかな空気《くうき》。

六月《ろくがつ》の初旬《しょじゅん》だけあって、肌寒《はだざむ》さはもうない。

吹《ふ》き抜《ぬ》ける風《かぜ》の中《なか》に、少《すこ》しだけ雨《あめ》の匂《にお》いを感《かん》じた。

「未央《みお》っ！　おはよー」

教室《きょうしつ》の入《い》り口《ぐち》でわたしの肩《かた》を元気《げんき》にたたいたのは、親友《しんゆう》の早苗《さなえ》だ。

「……おはよ」

わたしは早苗《さなえ》を見《み》て、またため息《いき》をついた。

「なになに、どぉした？」

早苗《さなえ》はわたしの顔《かお》をのぞき込《こ》むと、心配《しんぱい》したように眉《まゆ》をひそめる。

身長《しんちょう》が一五七《ひゃくごじゅうなな》センチと女子《じょし》の中《なか》では高めの早苗《さなえ》は、その高身長《こうしんちょう》を生《い》かしてバスケ部《ぶ》に所属《しょぞく》している。

男勝《おとこまさ》りでサバサバした性格《せいかく》だから、女《おんな》の子《こ》にもすっごく人気《にんき》なの。

ツヤのある黒《くろ》い髪《かみ》は肩《かた》まであって、いつもオシャレにフワッとセットしてあって。
白《しろ》い肌《はだ》がその黒髪《くろかみ》でとても引《ひ》き立《た》つ、美人《びじん》さんなの。それにね……。
「未央《みお》って、ほんとかわいいっ！　もう食《た》べちゃいたいっっ」
なんて感《かん》じで、なにかとわたしを甘《あま》やかしてくれる優《やさ》しい子《こ》なんだ。
きれいで性格《せいかく》もはっきりしている早苗《さなえ》の周《まわ》りには、いつも人《ひと》が集《あつ》まる。
早苗《さなえ》はわたしにないものをいっぱい持《も》ってるあこがれの子《こ》。
わたしは早苗《さなえ》に、今日《きょう》までの出来事《できごと》を全部《ぜんぶ》話《はな》した。
「ええ!?　なにそれ、知《し》らない間《あいだ》に大変《たいへん》な

ことになってるじゃん」

「そうなんだよ……もう、頭《あたま》ぐちゃぐちゃ」

早苗《さなえ》は、最後《さいご》まで聞《き》き終《お》わると、腕《うで》を組《く》んで困《こま》ったようにわたしの顔《かお》をのぞき込《こ》んだ。

「なるほどねぇ。仕方《しかた》ないとはいえ……それで、その男《おとこ》ってどんなヤツ？」

目《め》を細《ほそ》めた早苗《さなえ》。わたしが口《くち》を開《ひら》きかけたその時《とき》、聞《き》き覚《おぼ》えのある声《こえ》がいろんな音《おと》をかき分《わ》けてわたしの耳《みみ》に届《とど》いた。

「あ、桜井《さくらい》。おはよ」

こ、この声《こえ》は……。

声《こえ》のする方《ほう》にあわてて視線《しせん》を送《おく》る。

「ふ、藤森《ふじもり》くんっ」

視線《しせん》の先《さき》にいたのは同《おな》じクラスの藤森旬《ふじもりしゅん》。

藤森《ふじもり》くんは、わたしと早苗《さなえ》にむかって笑顔《えがお》で「うす」って片手《かたて》をあげた。

笑顔《えがお》がまぶしい。なんてさわやかなんだ！

誰《だれ》にでも優《やさ》しい藤森《ふじもり》くんは、わたしのあこがれの人《ひと》。

「こんなところで何《なに》してんだよ。もうすぐＨＲ《ホームルーム》はじまるぞ」

藤森《ふじもり》くんに言《い》われて、まだ教室《きょうしつ》に入《はい》っていなかったことを思《おも》い出《だ》す。

「それがさー、未央《みお》ってば……」

きょとんとする藤森《ふじもり》くんに、早苗《さなえ》がなにかを言《い》いかけた。

ちょっと！　なに言《い》う気《き》なの？

あわてて早苗《さなえ》を見《み》る。

「未央《みお》、昨日《きのう》から……ンググッ」

わたしはとっさに、早苗《さなえ》の口《くち》を押《お》さえた。

「なっ、なんでもないからっ！　ほんとにっ。ねっ、早苗《さなえ》!?」

口《くち》をふさがれ、コクコクとうなずく早苗《さなえ》。

「あはは。へんなヤツ」

藤森《ふじもり》くんは「じゃあお先《さき》」ってわたしたちに笑顔《えがお》を見《み》せると、さっさと自分《じぶん》の席《せき》に戻《もど》ってしまった。

その背中《せなか》をぼんやりと見送《みおく》っていたわたしは、ハッと我《われ》に返《かえ》り早苗《さなえ》に向《む》き直《なお》る。

早苗《さなえ》は、よしよしとわたしの頭《あたま》を優《やさ》しくなでた。

「ふぅ……あぶなかった。……早苗《さなえ》、今《いま》の話《はなし》は二人《ふたり》だけの秘密《ひみつ》ね？」

「そっか……そうだよね、わかった。誰《だれ》にも言《い》わない」

同《おな》じ学校《がっこう》の、同《おな》じ年《とし》の男《おとこ》の子《こ》の家《いえ》に居《い》候《そうろう》してるなんて、絶対他《ぜったいほか》の人《ひと》には知《し》られた

くないもん。

――昼休《ひるやす》み。

わたしは、早苗《さなえ》、結衣《ゆい》、愛美《まなみ》と机《つくえ》を囲《かこ》んでご飯《はん》を食《た》べていた。

わたしたちはいつも一緒《いっしょ》の仲良《なかよ》しグループだ。

「未央《みお》ーっ、呼《よ》び出《だ》し〜」

とつぜんのことに、クラス中《じゅう》が一気《いっき》にざわつく。

教室《きょうしつ》の人波《ひとなみ》が、まるで海《うみ》がふたつに割《わ》れるように、左右《さゆう》に分《わ》かれていく。

な、なに？　誰《だれ》？

その先《さき》を見《み》ようと体《からだ》をひねったその時《とき》、教室《きょうしつ》の入《い》り口《ぐち》でやたらと目立《めだ》つオーラをまきちらしながらこちらに手《て》を振《ふ》る人物《じんぶつ》を見《み》つけた。

「……っ！」

うそっ！　……要《かなめ》!?

――ガタンッ。

びっくりしすぎて、勢《いきお》いよく立《た》ち上《あ》がった拍子《ひょうし》にイスを倒《たお》してしまった。

ななな、なんでここにいるの？

頭《あたま》の中《なか》はパニック状態《じょうたい》。わたしはあわててイスをもとに戻《もど》す。

クラス中《じゅう》がわたしと要《かなめ》に注目《ちゅうもく》しているみたい。

「ちょっと！　ちょっと、未央《みお》」

愛美《まなみ》——マナがわたしをつついた。

「なな、なに？」

「あれ、相田要《あいだかなめ》じゃん！」

「へっ⁉」

驚《おどろ》いているマナ。

わたしはマナが、要《かなめ》のことを知《し》っていることに驚《おどろ》いた。

「マナ……知《し》ってるの？」

「知《し》ってるのって、この前話《まえはな》したよ？」

「え、そうだっけ……」

……やばい。全然覚《ぜんぜんおぼ》えてない！

頭《あたま》を抱《かか》えてるわたしなんかおかまいなしで、マナは鼻《はな》の穴《あな》をふくらませて言《い》った。

「んもう、ほら！　男子《だんし》の中《なか》で一番人気《いちばんにんき》なのが相田《あいだ》くんだよ。ビジュアル良《よ》し、運動神経《うんどうしんけい》抜群《ばつぐん》、しかも頭《あたま》もいい！　って、この前話《まえはな》してたの忘《わす》れたのぉ⁉」

結衣《ゆい》も、ウンウンとうなずいて笑《わら》った。

「未央《みお》、そういうのあんまり興味《きょうみ》ないもんね～」

ええ～！

「未央《みお》、もしかしてあの人《ひと》が例《れい》の……？」

目《め》が点《てん》になっていたわたしに、早苗《さなえ》がこっそり耳《みみ》うちをする。

わたしはコクコクと、うなずいてみせた。

「呼《よ》ばれてんでしょ？　行《い》っといでよ」

「え？　……ちょっ……」

マナと結衣《ゆい》がわたしの背中《せなか》を押《お》す。

やだやだ！　知《し》らないフリしたかったのに……！

勢《いきお》いよく押《お》されたせいで、前《まえ》のめりになりながら振《ふ》り返《かえ》ると、藤森《ふじもり》くんと目《め》が合《あ》った。

藤森《ふじもり》くんだけじゃない、クラス中《じゅう》がわたしたちの様子《ようす》をうかがってる。

もう、最悪《さいあく》！

みんなの視線《しせん》をあびながら、わたしは小走《こばし》りで要《かなめ》のもとへ向《む》かう。

「未央《みお》、やっと見《み》つけた」

要《かなめ》はあの極上《ごくじょう》スマイルで、片手《かたて》をヒラリと挙《あ》げた。

あろうことか当《あ》たり前《まえ》のようにわたしを下《した》の名前《なまえ》で呼《よ》んだ要《かなめ》に、教室《きょうしつ》からどよめきが起《お》こる。

「今《いま》、未央《みお》って言《い》った？」

「名前呼《なまえよ》び、呼《よ》び捨《す》て……えっ⁉」

や、やばい。もっと目立《めだ》ってる……！

青《あお》ざめていくわたしなんかおかまいなし。

要《かなめ》はかけ寄《よ》ってきたわたしの顔《かお》をのぞき込《こ》んでさらに笑《え》みを深《ふか》くする。

「探《さが》した」

そう言《い》って笑《わら》う要《かなめ》は、無邪気《むじゃき》というかなんというか……。

この状況《じょうきょう》をまったく理解《りかい》してないみたいで腹《はら》が立《た》つ。

「……なんの用《よう》？」

低《ひく》～い声《こえ》でそう言《い》ったわたしに、要《かなめ》はまばたきをして小首《こくび》をかしげた。その動《うご》きに合《あ》わせてふわふわの髪《かみ》がゆれる。

「なんだよ、なに怒《おこ》ってんだよ」

なにって、こんなに注目《ちゅうもく》されてるんだよ？

むっとしてるわたしを面白《おもしろ》そうに眺《なが》めると、要《かなめ》はズボンのポケットからスマホを取《と》り出《だ》した。

「朝《あさ》言《い》い忘《わす》れててさ。今日《きょう》の夜《よる》のことなんだけど……」

「え？」

よよ、夜《よる》!?　そんな意味深《いみしん》なセリフ、堂々《どうどう》と言《い》わないでよ！

ますます青《あお》ざめていくわたしの背後《はいご》が、さらに騒《さわ》がしくなる。

ひえ――！

「…………」

「未央《みお》？　聞《き》いてる？」

心配《しんぱい》でもするように、要《かなめ》は少《すこ》し身《み》をかがめてわたしの顔《かお》をのぞき込《こ》んだ。

うつむいていた視界《しかい》の中《なか》に、ふわふわの要《かなめ》の髪《かみ》がすべり込《こ》んできた。

それと同時《どうじ》に、わたしを包《つつ》む甘《あま》い香《かお》り。距離《きょり》が近《ちか》い……。

「ちょ……ちょっと来《き》て!!」

わたしはたまらず、要《かなめ》の手《て》を取《と》って走《はし》った。

「は？　ちょ……おいっ」

もう、無理《むり》っ！

とりあえず人《ひと》のいなさそうな場所《ばしょ》を探《さが》して、屋上《おくじょう》まで走《はし》った。

たくさんの人《ひと》とすれ違《ちが》いながら『有名人《ゆうめいじん》』だという要《かなめ》の手《て》を引《ひ》いて走《はし》ってるわたし。

なんなの？　どうしてこんなことに……！


はぁ……はぁ……はぁ……。

わき目《め》もふらず走《はし》ってきたから、苦《くる》しくて死《し》んじゃいそう。

乱《みだ》れてる息《いき》をなんとか整《ととの》えながら、わたしは振《ふ》り返《かえ》った。

「……どういうつもり？」

「どうって……」

勢《いきお》いよく振《ふ》り返《かえ》ったわたしを見下《みお》ろす要《かなめ》は、今《いま》まで走《はし》ってきたのがウソみたいに、すずしげな表情《ひょうじょう》で首《くび》をかしげた。

「……俺《おれ》は今日《きょう》のことを、」

「だからって！」

要《かなめ》の言葉《ことば》をさえぎるように、大《おお》きな声《こえ》で要《かなめ》につめ寄《よ》ったわたしは、あることに気《き》づいた。

「なんだよ？」と眉間《みけん》にシワを寄《よ》せた要《かなめ》。

わたし、さっきからずっと要《かなめ》の手《て》をつかんだままだったんだ。

きゃああっ。

あわてて、つないでいた手《て》を離《はな》す。

そんなわたしを見《み》て、要《かなめ》はちょっとだけ不機嫌《ふきげん》そうに小《ちい》さなため息《いき》をついた。

「…………」

「…………」

要《かなめ》は悪《わる》くない。わかってる。

むしろ、困《こま》ってるのは要《かなめ》の方《ほう》。

とつぜん、家《いえ》に知《し》らない女《おんな》の子《こ》が転《ころ》がり込《こ》んできたんだもん。迷惑《めいわく》してるのは、要《かなめ》の方《ほう》だ。

だけど、だからってわざわざクラスを訪《たず》ねてくることないでしょ？

これじゃあ、ウワサの的《まと》だよ！

わたしの平和《へいわ》な学校生活《がっこうせいかつ》、ジャマしないでほしい！

「……わたし、居候《いそうろう》のこと、内緒《ないしょ》にしてたいんだ。だから、学校《がっこう》では他人《たにん》のフリしてほしい。……お願《ねが》い」

「…………」

うつむいて話《はな》すわたしを見《み》て、要《かなめ》はなにか言《い》いたそうに口《くち》を開《ひら》いたけど、そのままフェンス越《ご》しにグラウンドへ視線《しせん》を落《お》とした。

「わかった」

そしてそれだけ言《い》うと、要《かなめ》はそのまま屋上《おくじょう》をあとにした。

雷《かみなり》とキス

教室《きょうしつ》に戻《もど》ると、案《あん》の定《じょう》クラスメイトからの質問《しつもん》ぜめにあった。

「相田《あいだ》くんと、どんな関係《かんけい》なの～？」

「ちょっと未央《みお》っ！　なんでなの、未央《みお》はピュアだと思《おも》ってたのに……」

「まずはどうやって知《し》り合《あ》ったのかを詳《くわ》しく話《はな》してもらおうか」

一瞬《いっしゅん》にしてクラスの女子《じょし》たちに囲《かこ》まれてしまう。

みんな興《きょう》味《み》深々《しんしん》って感《かん》じだ。

「あはは……」

あいまいに笑《わら》うことしかできないわたし。

何《なに》も言《い》わないのをいいことに、女子《じょし》たちの尋問《じんもん》はさらにヒートアップする。

「ま、まさか……彼氏《かれし》!?」

「……へ？」

「えええぇ!?」

「相田《あいだ》くんが、未央《みお》の彼氏《かれし》!?」

女子《じょし》たちの悲鳴《ひめい》にも似《に》た叫《さけ》びに、わたしは思《おも》わず肩《かた》を震《ふる》わせた。

なんで、そうなるわけ!?

「ま、待《ま》ってよ！　違《ちが》うんだって……」

「未央《みお》！　もう認《みと》めなさい。だって考《かんが》えてみな？　彼氏《かれし》でもなんでもなかったら、〝あの〟相田要《あいだかなめ》がわざわざうちのクラスまで来《き》て夜《よる》の予定《よてい》を聞《き》いてくるはずないでしょう」

まるでパパラッチかのごとく、そうわたしにつめ寄《よ》ってきたのは、クラスでいちばんミーハーな加藤律子《かとうりつこ》。

律子《りつこ》は右手《みぎて》に持《も》っていた箸《はし》を、わたしの胸元《むなもと》に突《つ》き付《つ》けてふんと笑《わら》った。

彼女《かのじょ》のその言葉《ことば》に、クラス中《じゅう》が同意《どうい》の声《こえ》を上《あ》げる。

「……あの、そうはいっても本当《ほんとう》に違《ちが》くて……」

わたしの言葉《ことば》は、みんなの耳《みみ》には届《とど》いていない。

あきらめて、次《つぎ》の授業《じゅぎょう》の準備《じゅんび》をする。机《つくえ》から教科書《きょうかしょ》とペンケースを取《と》り出《だ》したところで、ガバリと肩《かた》を引《ひ》き寄《よ》せられた。

「だけど本当《ほんとう》にびっくりしたよ。未央《みお》ってうちのクラスじゃ妹《いもうと》ポジションじゃん？　そういうことからいちばん遠《とお》い存在《そんざい》だと思《おも》ってた」

わたしの肩《かた》に腕《うで》を回《まわ》したのは律子《りつこ》。まだ要《かなめ》の話題《わだい》をやめる気《き》はないらしい。

「相田《あいだ》くんっていつも飄々《ひょうひょう》としてて大人《おとな》っぽいし、どっちかっていうと年上《としうえ》がタイプだと思《おも》ってた」

「あ〜、わかるわかる！」

「くっ、わたしらの未央《みお》がとうとう人《ひと》のものになっちゃったか〜！」

「しかも相手《あいて》は相田《あいだ》くん……。未央《みお》！　やっぱり詳《くわ》しく教《おし》えなさいっ」

今度《こんど》は箸《はし》がマイクの代《か》わりになってる。

口《くち》もとに寄《よ》せられたそれを、思《おも》い切《き》り引《ひ》き下《お》ろしながらたまらず叫《さけ》んだ。

「そんなのわたしが聞《き》きたいよっ！」

いったんそれていたみんなの視線《しせん》が、ふたたびぎゅっと集《あつ》まった。

もう、いいかげんに……！

「ハイハイ。そこまで〜」

そこで、間《あいだ》に割《わ》って入《はい》ってきたのは、早苗《さなえ》だった。

早苗《さなえ》は、わたしのところまで来《く》ると、グイッとわたしの頭《あたま》を自分《じぶん》の胸《むね》に引《ひ》き寄《よ》せる。

「……むぐっ」

「時間切《じかんぎ》れ！　そろそろ未央《みお》を返《かえ》してくださ〜い」

そう言《い》って、早苗《さなえ》は怒《おこ》った顔《かお》を見《み》せた。

それを見《み》た女子《じょし》たちは「ぶっ」なんて吹《ふ》き出《だ》している。

「でたぁ、早苗《さなえ》の未央《みお》ビイキ〜〜！」

「あのね、このわたしが見張《みは》ってんだから、未央《みお》に彼氏《かれし》なんてできるわけないでしょ！」

早苗《さなえ》のひと言《こと》で、どっと笑《わら》いが起《お》こる。

その場《ば》の雰囲気《ふんいき》は、早苗《さなえ》が来《き》たことで一気《いっき》に変《か》わった。

そう。早苗《さなえ》には、こんな力《ちから》がある。

いつも、わたしは早苗《さなえ》に助《たす》けられてる。そして、今日《きょう》も。

早苗《さなえ》……ありがとう。


「未央《みお》、今日大丈夫《きょうだいじょうぶ》そう？　もし、なんかあったら電話《でんわ》しなね？」

わたしは、早苗《さなえ》と並《なら》んで校門《こうもん》を出《で》たところだった。

早苗《さなえ》はわたしの顔《かお》を、心配《しんぱい》そうにのぞき込《こ》んだ。

「うん、なんとかやってみるよ」

わたしはそう言《い》うと、グッと親指《おやゆび》を立《た》ててみせた。

「そっか……。ま、がんばんな！　相田要《あいだかなめ》との同棲生活《どうせいせいかつ》！」

「ただの居候《いそうろう》なんだけど……」

バス通学《つうがく》の早苗《さなえ》と途中《とちゅう》で別《わか》れて、わたしはひとり、通《かよ》いなれない道《みち》を歩《ある》く。

いつの間《ま》にか、空《そら》にはどんよりと重《おも》たい雲《くも》のじゅうたん。

今《いま》にも、雨《あめ》を落《お》としてきそうな感《かん》じだった。

わたしは足早《あしばや》に先《さき》を急《いそ》ぐ。


「…………」

かれこれ、何分《なんぷん》くらいこうしてるんだろう？

相田家《あいだけ》の玄関《げんかん》の前《まえ》で、ドアとにらめっこ。

要《かなめ》はまだ帰《かえ》ってきてないようで、カギはしっかりかけられていた。

ど、どうしよう。

誰《だれ》もいないこの家《いえ》には、なんとなく入《はい》りづらいんだよね。

「……はあ」

わたしは意《い》を決《けっ》して、カギ穴《あな》に銀色《ぎんいろ》のカギを差《さ》し込《こ》んだ。

——ガチャリ……。

「お、おじゃまします」

なんだか悪《わる》いことをしてるみたいで、わたしは小《ちい》さな声《こえ》でそう言《い》うと、静《しず》かにドアを内《うち》側《がわ》から閉《し》めた。

家《いえ》の中《なか》は静《しず》まりかえっている。

いったん部屋《へや》に入《はい》って制服《せいふく》を脱《ぬ》ぐと、ラフなワンピースに着替《きが》えた。

しばらく部屋《へや》にいたけど、なぜか時計《とけい》ばかりが気《き》になって、気《き》が気《き》じゃない。

勉強《べんきょう》……も、する気《き》になれないし。

とにかくわたしは自分《じぶん》の部屋《へや》を出《で》て、リビングに向《む》かった。


誰《だれ》もいないリビングでつけたテレビからは、季節《きせつ》はずれのドラマが再放送《さいほうそう》されていて。

それを横目《よこめ》に、わたしはソファに座《すわ》り、小《ちい》さく丸《まる》まった。

そろそろ帰《かえ》ってくるかな。

それにしても……要《かなめ》、そんな人気者《にんきもの》だったんだ。まあ、顔《かお》はかっこいいもんね。

どうしよう、そんな人《ひと》とこの家《いえ》にふたりきりなんて……。

わたし、耐《た》えられるかなぁ。

学校《がっこう》ではあんなこと言《い》っちゃったけど……内緒《ないしょ》にしたいのは、要《かなめ》の方《ほう》だよね。

しだいに窓《まど》の外《そと》が暗《くら》くなり、なんとなく時計《とけい》に目《め》をやると、針《はり》は静《しず》かに夕方《ゆうがた》の六時《ろくじ》を指《さ》そうとしていた。

パパたちはいつ日本《にほん》に帰《かえ》ってくるかわからない。おじさんたちも出張《しゅっちょう》に行《い》ったばっかりだし。

わたし、どうなっちゃうんだろ。不安《ふあん》に押《お》しつぶされそうだ。

ぼんやりしていると、テレビからは夕方《ゆうがた》のニュースが流《なが》れてきた。

『この地域一帯《ちいきいったい》は低気圧《ていきあつ》におおわれ、一時的《いちじてき》に大雨《おおあめ》の恐《おそ》れがあります。落雷《らくらい》などに注意《ちゅうい》してください。さらに梅雨前線《ばいうぜんせん》の活動《かつどう》で……』

雷《かみなり》かぁ……やだなぁ。

わたし、雷《かみなり》だけはダメなんだ。

原因《げんいん》は、小学五年生《しょうがくごねんせい》の時《とき》、野外授業《やがいじゅぎょう》で行《い》ったキャンプ。

その時《とき》も今日《きょう》みたいに天気《てんき》が夕方《ゆうがた》から悪《わる》くなって、そしてその日《ひ》のキャンプファイヤーは雨《あめ》で中止《ちゅうし》。あげく雷《かみなり》まで鳴《な》り出《だ》しちゃって……。

わたしたちの泊《と》まっていたテントの近《ちか》くに雷《かみなり》が落《お》ちたのがものすごく怖《こわ》くて、それ以《い》来《らい》わたしは雷《かみなり》がダメになっちゃったんだ。

窓《まど》に目《め》をやると、外《そと》はすでに暗《くら》くなっている。

やっぱり天気予報《てんきよほう》どおり、雨《あめ》が降《ふ》るのかなぁ……。

要《かなめ》、遅《おそ》いな……。

あーもうっ。考《かんが》えてばかりいても仕方《しかた》ない。

ひとり気合《きあ》いを入《い》れなおすと、ソファから重《おも》い腰《こし》を上《あ》げて「うーん」と伸《の》びをした。

キッチンに向《む》かい、冷蔵庫《れいぞうこ》を開《あ》ける。

とりあえず、なんか作《つく》ろうかな。お腹《なか》すいちゃった。

よし。パスタにしよーっと。要《かなめ》も食《た》べるかな?

わたしは、髪《かみ》をひとつにまとめると、鍋《なべ》に水《みず》を張《は》り、コンロに火《ひ》をつけた。

「……遅《おそ》い」
要《かなめ》ってば遅《おそ》すぎるよ。パスタ、冷《さ》めちゃったし。
もう十時《じゅうじ》だよ！　遅《おそ》くなるなら連絡《れんらく》くれたらいいのに！
って……あれ？
わたし、なんでアイツが帰《かえ》ってこないの、こんなに心配《しんぱい》してるのかな？
帰《かえ》ってこないなら、それでいいのに。
そうだよ、だって……。
アイツのこと、わたし、キライなんだもん。
そういえば、なんで昼間《ひるま》うちのクラスに来《き》たのかな？
『今日《きょう》の夜《よる》』って言《い》ってた。もしかして、今日《きょう》は遅《おそ》くなるって言《い》いに来《き》たとか？
だとしたら……わたし、悪《わる》いことしちゃったかも。
急《きゅう》に、胸《むね》がざわざわと鳴《な》り出《だ》したのがわかった。
どうしよう……。……要《かなめ》、帰《かえ》ってくるよね？
その時《とき》――。
――ガチャン。

玄関《げんかん》の方《ほう》から音《おと》がして、わたしは思《おも》わずかけ出《だ》していた。

――バン！

「……要《かなめ》くんっ！」

リビングから出《で》ると、玄関《げんかん》にいた要《かなめ》と目《め》が合《あ》う。

すごい勢《いきお》いで飛《と》び出《だ》してきたわたしに驚《おどろ》いたその瞳《ひとみ》は、何度《なんど》もまばたきをくり返《かえ》していた。

「……、……起《お》きてた」

要《かなめ》は前髪《まえがみ》に手《て》を寄《よ》せると、何《なに》かをつぶやいた。

あわてて来《き》たのは、いいものの。

これじゃまるで、わたしが要《かなめ》の帰《かえ》りを待《ま》ちわびていたみたいで、なんだか気《き》まずくてうつむいた。

うう……。なにしてるんだろう。

要《かなめ》はわたしの顔《かお》を見《み》つめなおすと「あわててどうしたんだよ？」と首《くび》をかしげた。

そりゃ、そうだよね……。

「え、えと。遅《おそ》かったから」

「……ああ。助《すけ》っ人《と》。頼《たの》まれて」

「……助《すけ》っ人《と》？」

「なにそれ」と顔《かお》を上《あ》げたわたしを見《み》て、要《かなめ》は一瞬《いっしゅん》、ジロリと目《め》を細《ほそ》めた。

え……え？

靴《くつ》を脱《ぬ》ぎながら、要《かなめ》は視線《しせん》を落《お》として続《つづ》けた。

「俺《おれ》、特定《とくてい》の部活《ぶかつ》には入《はい》ってないんだよね。だから、ときどき頼《たの》まれたとこに顔出《かおだ》してる。

で、今日《きょう》はバスケ」

「……そうなんだ」

今《いま》……なんか、さらっとすごいこと言《い》ったよね？

ってことは、要《かなめ》はなんでもできちゃうってこと？

わたしは体育《たいいく》、特《とく》に球技《きゅうぎ》が苦手《にがて》だからうらやましい……。

「あちぃ」

そう言《い》いながらわたしの横《よこ》を通《とお》り過《す》ぎようとした要《かなめ》は、少《すこ》し不機嫌《ふきげん》に見《み》えた。

や、やっぱり昼間《ひるま》のこと怒《おこ》ってるのかな？　あんな失礼《しつれい》なこと言《い》ったから。

どうしよ、謝《あやま》らなくちゃ。

「あ、あの！」

思《おも》わず、要《かなめ》の背中《せなか》に向《む》かって、そう声《こえ》をかけた。

要《かなめ》は「んー？」と振《ふ》り返《かえ》らず答《こた》えた。

――ドキ。

「あ……えと、パスタ作《つく》ったんだけど、食《た》べない？」

わーん。わたしの意気地《いくじ》なし！

なんでひと言《こと》、〝ごめん〟って言《い》えないのよっ。バカ、バカ！

「…………」

立《た》ち止《ど》まった要《かなめ》が、ゆっくりと視線《しせん》をこちらに向《む》けた。

要《かなめ》は気《き》まずそうに視線《しせん》を泳《およ》がすと「あー……ごめん。食《く》ってきちゃった」と言《い》って、ポリポリと頭《あたま》をかいた。

「あ……そっか！　そうだよね。いいの、いいの！　わたしが勝手《かって》に作《つく》ったんだし」

わたしは笑顔《えがお》を作《つく》ると、顔《かお》の前《まえ》で大《おお》げさに手《て》を振《ふ》ってみせた。

昼間《ひるま》、部活《ぶかつ》に出《で》るから遅《おそ》くなること、だからご飯《はん》いらないって、そう言《い》いにきたんだ。

じっとわたしの顔《かお》を見《み》つめている要《かなめ》は、ふっと口《くち》もとをゆるめると、わたしの頭《あたま》にぽんっと手《て》をのせた。

「え？」

驚《おどろ》いて顔《かお》を上《あ》げると、わたしをのぞき込《こ》むように見《み》ている要《かなめ》と目《め》が合《あ》う。

「……あ、あの」

その瞳《ひとみ》があまりにきれいで、不覚《ふかく》にも胸《むね》がドキンって音《おと》を立《た》てた。

ドギマギしてるわたしなんかおかまいなしに、要《かなめ》はその瞳《ひとみ》を細《ほそ》めると、ワシャワシャとわたしの髪《かみ》をかき混《ま》ぜる。

「でも、まだちょっと食《く》い足《た》りないなーって思《おも》ってたんだ。もちろんうまいんだろ？」

「……え、あ……な……うっ、うまいに決《き》まってるでしょ」

そう言《い》って頬《ほお》をふくらませたわたしを見《み》て「へーえ」って笑《わら》う要《かなめ》。

「サンキューな」

そう言《い》った要《かなめ》は、くしゃくしゃになったわたしの髪《かみ》を、一度《いちど》だけ、ふわりとなでた。

――ドキン！

「…………」

態度《たいど》とは裏腹《うらはら》に、その手《て》はすごく優《やさ》しくて……。

……ずるいよ、こんなの。

意地悪《いじわる》なのに、意地悪《いじわる》じゃない。

「着替《きが》えてくる」と言《い》って二階《にかい》へ上《あ》がっていった要《かなめ》の足音《あしおと》にすらドキドキしてる。

心臓《しんぞう》の音《おと》が、まるで耳《みみ》もとで鳴《な》ってるみたい。

――わたし、変《へん》だ。


「あの、お風呂借《ふろか》りるね」

わたしの作《つく》ったパスタをペロリとたいらげてしまった要《かなめ》。リビングでくつろぐその後《うし》ろ姿《すがた》に声《こえ》をかける。

要《かなめ》は「んー」と顔《かお》だけこちらに向《む》けて、片手《かたて》をひらりと挙《あ》げた。

要《かなめ》と目《め》が合《あ》っただけなのに、ジワリと頬《ほお》が熱《あつ》くなる。

……ダメだ。なんか調子狂《ちょうしくる》う。

要《かなめ》がさっき、あんなふうにわたしの髪《かみ》をさわるからだ。


「はぁ……」

洗面台《せんめんだい》の鏡《かがみ》の前《まえ》で、盛大《せいだい》にため息《いき》をもらした。

やっと息《いき》ができたような感覚《かんかく》に、深呼吸《しんこきゅう》をくり返《かえ》す。

鏡《かがみ》に映《うつ》る自分《じぶん》に視線《しせん》を向《む》ける。

うう……。

真《ま》っ赤《か》になった顔《かお》をなんとかしたくて、両手《りょうて》で髪《かみ》をクシャリと持《も》ち上《あ》げてそれを隠《かく》した。

これから夜《よる》をふたりきりで過《す》ごすなんて、わたしの心臓《しんぞう》どうなっちゃうんだろう。

わたしは、朝《あさ》の事件《じけん》を思《おも》い返《かえ》していた。

ベッドに引《ひ》き寄《よ》せられた時《とき》の強《つよ》い力《ちから》。離《はな》れたくてもそれは許《ゆる》されなくて。

甘《あま》い香《かお》りにぎゅっと抱《だ》きしめられた感覚《かんかく》が、ぶわりとよみがえってくる。

「…………」

たまらずわたしはブンブンと頭《あたま》をふってそれを振《ふ》り払《はら》った。

なんで今思《いまおも》い出《だ》すのよ、わたし！

勝手《かって》にひとりで緊張《きんちょう》して、ドキドキして。

バカみたい。

――ザアアア……ゴロゴロゴロゴロ……。
浴室《よくしつ》の窓《まど》から、雨《あめ》と雷《かみなり》の音《おと》が聞《き》こえる。
雨《あめ》のいきおいがすごくて、遠《とお》くで鳴《な》っていたはずの雷《かみなり》もだんだん近《ちか》づいている。
天気予報《てんきよほう》は、バッチリ当《あ》たったみたい。
……もう出《で》よう。
わたしは、口《くち》まで湯船《ゆぶね》につかると、勢《いきお》いよく立《た》ち上《あ》がった。
浴室《よくしつ》から手《て》を伸《の》ばし、ラックの中《なか》からバスタオルを手《て》に取《と》る。
その瞬間《しゅんかん》――。
――ドーン!!
一瞬《いっしゅん》の稲光《いなびかり》と共《とも》に、雷鳴《らいめい》がとどろいた。
「きゃっ……わっ！」
驚《おどろ》いて、とっさに耳《みみ》をふさぐ。
でも、そのせいでわたしの体《からだ》はバランスを崩《くず》してしまった。
「きゃぁああっ」
――バターン!!

体勢《たいせい》を立《た》て直《なお》すこともできず、そのまま足《あし》をすべらせた。

「未央《みお》!?」

——ガラッ。

要《かなめ》が勢《いきお》いよく開《あ》けた扉《とびら》の先《さき》には、浴槽《よくそう》に頭《あたま》をぶつけて伸《の》びちゃってるわたしの姿《すがた》。

雷《かみなり》のその音《おと》よりも、わたしの足《あし》をすべらせた音《おと》を聞《き》いて驚《おどろ》いた要《かなめ》は、お風呂場《ふろば》にかけつけてくれたらしい。

うぅ……。

こんなマヌケなところ見《み》られるなんて……最悪《さいあく》。


「んん……」

目《め》を覚《さ》ますと、真《ま》っ暗《くら》な部屋《へや》の中《なか》は、しんと静《しず》まり返《かえ》っている。さっきの落雷《らくらい》のせいで停電《ていでん》になってしまったようだった。

「気《き》がついた?」

すぐ近《ちか》くで低《ひく》い声《こえ》がして、わたしの体《からだ》はビクンとはねる。

び、びっくりした。

暗闇《くらやみ》に慣《な》れてきた目《め》で周《まわ》りを見回《みまわ》すと、ソファに寝《ね》かされていたわたしの顔《かお》を、要《かなめ》がのぞき込《こ》んでいた。

ボーッとするなか、次第《しだい》にさっきの出来事《できごと》が頭《あたま》の中《なか》によみがえってくる。

そっか……。わたし、足《あし》をすべらせて……。

まだ、ズキズキと後頭部《こうとうぶ》が痛《いた》んだ。

え？　……あれ？　ちょ、ちょっと待《ま》って？

ってことは……。ま、まさか⁉

わたしはハッとして上半身《じょうはんしん》を起《お》こすと、体《からだ》に巻《ま》きつけたタオルの中《なか》に目《め》をやる。

ぎゃー！　や、や、やっぱり！

わたしは、ワナワナと震《ふる》えながら要《かなめ》を見上《みあ》げた。

どんどん自分《じぶん》の顔《かお》から、血《ち》の気《け》が引《ひ》くのがわかる。

「みっ……みみ……」

声《こえ》を出《だ》そうとするのに、うまくのどから出《で》てこない。

「み、み、見《み》た、見《み》たでしょっ⁉」

やっとしぼり出《だ》した声《こえ》も、なにを言《い》ってるのかわからないくらい挙動不審《きょどうふしん》になりながら、タオルを持《も》つ手《て》にギュッと力《ちから》を込《こ》めた。

そんなわたしを見《み》て、要《かなめ》はソファにひじをつき、おもしろそうにわたしを眺《なが》めている。

「……っ」

ドキン。ドキン。

うう、最悪《さいあく》……っ！　いったいどこまで見《み》られちゃったの⁉

もう涙目《なみだめ》のわたし。真《ま》っ暗《くら》なのに、さらに視界《しかい》がにごる。

「……見《み》てねえよ。すぐ停電《ていでん》したし」

少《すこ》し首《くび》をかしげるように、わたしの顔《かお》をのぞき込《こ》む要《かなめ》。

血《ち》の気《け》のなかった顔《かお》に、今度《こんど》はドクンッと一気《いっき》に逆流《ぎゃくりゅう》する血液《けつえき》。

もう頭《あたま》から湯気《ゆげ》が出《で》そうなほど、顔《かお》は真《ま》っ赤《か》になっているだろう。

今《いま》にも気《き》を失《うしな》いそう。

なにも言《い》えないでいるわたしを、要《かなめ》はフッて鼻《はな》で笑《わら》うと、いたずらな笑《え》みを浮《う》かべた。

「そんなにイヤ？　俺《おれ》に見《み》られるの」

もう、目《め》はしっかり暗《くら》い部屋《へや》に慣《な》れてきていて、要《かなめ》の表情《ひょうじょう》をクリアに映《うつ》してる。

「イ、イヤに決《き》まってんでしょ！　だってこんなのかっこ悪《わる》……」

そう言《い》いかけたわたしの言葉《ことば》は、どこかへ飛《と》んでいってしまった。

もう、まばたきも忘《わす》れてる。

なに？ ……これ。

要《かなめ》は、まだぬれたわたしの髪《かみ》にそっと触《ふ》れると、そのままキスをした。

その一連《いちれん》の動作《どうさ》が、まるでスローモーションのよう。

声《こえ》を出《だ》すこともできず、まるでお姫様《ひめさま》にするみたいに優《やさ》しく口《くち》づける要《かなめ》から目《め》がそらせない。

髪《かみ》にキスされただけなのに、まるでなにかの魔法《まほう》にでもかかったみたいに時《とき》が止《と》まる。

こんなの、知《し》らない。

要《かなめ》は見上《みあ》げるように、わたしをのぞき込《こ》んだ。
からまる視線《しせん》。
そらしたいのに、そらせない。
だんだん距離《きょり》を詰《つ》める要《かなめ》──その要《かなめ》の唇《くちびる》が、わずかに動《うご》く。
わたしを見《み》つめるその瞳《ひとみ》はなぜか切《せつ》なげで、なにかを伝《つた》えようともしてる。
え？　……なに？
わたし、どうしちゃったの……。
まばたきも許《ゆる》してもらえない、そんな感覚《かんかく》にめまいがした。
鼻先《はなさき》が触《ふ》れるその距離《きょり》で、伏《ふ》し目《め》がちの要《かなめ》からほんの少《すこ》しのためらいを感《かん》じた。
「…………」
そして……。
唇《くちびる》に柔《やわ》らかな感触《かんしょく》──。わたしを包《つつ》む、甘《あま》い香《かお》り──。
初《はじ》めて要《かなめ》の部屋《へや》に入《はい》った時《とき》、わたしの鼻《はな》をかすめたあの香《かお》りだ。
なんだか甘酸《あまず》っぱくて、苺《いちご》みたい……。
それは、触《ふ》れるだけの優《やさ》しいキス。

要《かなめ》はそっと唇《くちびる》を離《はな》すと、放心状態《ほうしんじょうたい》でまばたきすらしないわたしの顔《かお》をのぞき込《こ》んだ。

「お前見《まえみ》てると、いじめたくなる」

そう言《い》うと、いたずらっぽく微笑《ほほえ》んだ。

「ざまあみろ」

キスをする前《まえ》の、切《せつ》なげな表情《ひょうじょう》は消《き》えていて。

「……な、」

なな……なんだそれ！

わたしはなにも言《い》えずに、開《あ》いた口《くち》がふさがらない！

そんなわたしを、要《かなめ》はおもしろそうに眺《なが》めていた。

朝練《あされん》の中《なか》で

次《つぎ》の日《ひ》――。
わたしは要《かなめ》に会《あ》うのが気《き》まずくて、早《はや》く家《いえ》を出《で》た。
朝起《あさお》こしてあげる約束《やくそく》だったけど……。知《し》らないっ！　要《かなめ》が悪《わる》いんだもん。
「……ざまあみろ、だよ」
カバンを肩《かた》にかけて玄関《げんかん》を開《あ》けると、ほんの少《すこ》し冷《つめ》たい風《かぜ》が頬《ほお》をなでた。
わたしはゆっくりと、その中《なか》へ足《あし》を進《すす》める。
昨日《きのう》は、ほとんど眠《ねむ》れなかった。
眠《ねむ》れるわけないよ！　だって……。
わたしは、そっと自分《じぶん》の唇《くちびる》に触《ふ》れる。まだはっきり残《のこ》ってる、やわらかな感触《かんしょく》。
……もう、いったいなんなのよ。
小《ちい》さい頃《ころ》に会《あ》ってるって言《い》われても、ほとんど覚《おぼ》えてないんだから知《し》らないも同然《どうぜん》。
そんな人《ひと》と、こんなことになっちゃうなんて。

グルグルとそんなことを考《かんが》えているうちに、いつの間《ま》にか学校《がっこう》が見《み》えていた。

まだ朝《あさ》も早《はや》いからか、登校《とうこう》しているのは朝練《あされん》のある生徒《せいと》くらいだった。

おだやかな朝《あさ》——。いつもと、なにも変《か》わらない。

ただ、違《ちが》うのは……。

ずっと熱《あつ》くなった頬《ほお》が冷《さ》めない、わたしだ。

「桜井《さくらい》?」

ぼんやりと空《そら》を眺《なが》めていたら急《きゅう》に名前《なまえ》を呼《よ》ばれて、ハッと我《われ》に返《かえ》った。

そして、声《こえ》の方《ほう》へ視線《しせん》を向《む》ける。

「はよ。早《はや》いな……桜井《さくらい》ってなんか部活入《ぶかつはい》ってた?」

わたしの視線《しせん》の先《さき》にいたのは、首《くび》にタオルを巻《ま》きつけたジャージ姿《すがた》の、藤森《ふじもり》くんだった。

「藤森《ふじもり》くん……おはよ。今日《きょう》は、たまたま早《はや》く来《き》ただけだよ」

陸上部《りくじょうぶ》の藤森《ふじもり》くんは、毎日欠《まいにちか》かさず朝練《あされん》に出《で》ているみたい。

「毎朝大変《まいあさたいへん》だね」

「そうでもないよ、ただ、もうすぐ県大会《けんたいかい》だからな」

そう言《い》って、今《いま》まさに練習《れんしゅう》をしているグラウンドに目《め》を向《む》けた。

わたしも、藤森《ふじもり》くんの視線《しせん》の先《さき》を追《お》う。

ちょうど、三年《さんねん》の先輩《せんぱい》が走《はし》り高飛《たかと》びを成功《せいこう》させた時《とき》だった。

「……しゃっ！」

藤森《ふじもり》くんは、小《ちい》さくガッツポーズを作《つく》って見《み》せた。

わたしは、それを見《み》てさえもまだ夢《ゆめ》の中《なか》にいるような感覚《かんかく》だった。

「…………」

「…………」

お互《たが》い黙《だま》って、グラウンドの練習風景《れんしゅうふうけい》を眺《なが》めているわたしたち。

変《へん》だな。

昨日《きのう》までのわたしなら、こんな状況《じょうきょう》、緊張《きんちょう》していたはずなのに……。

……アイツ……。　要《かなめ》と出会《であ》ったせいだ。

要《かなめ》がわたしの心《こころ》の中《なか》に無理《むり》やり入《はい》りこんできたりするから……。

今《いま》もまだ、わたしを見《み》つめる要《かなめ》の瞳《ひとみ》が頭《あたま》から離《はな》れない。

「……桜井《さくらい》」

突然《とつぜん》名前《なまえ》を呼《よ》ばれ、ハッと我《われ》に返《かえ》る。

藤森《ふじもり》くんは、グラウンドを見《み》たまま言《い》った。

「……なんかあった？」

「え？」

「ほら、昨日《きのう》。……A組《エーぐみ》の相田《あいだ》が来《き》てから、桜井《さくらい》の様子《ようす》おかしいからさ」

「………」

そう言《い》った藤森《ふじもり》くんは、わたしの表情《ひょうじょう》をうかがうように、まっすぐわたしを見《み》つめた。

まさか、藤森《ふじもり》くんの口《くち》から要《かなめ》の名前《なまえ》が出《で》てくるなんて思《おも》わなくて、心臓《しんぞう》は急《きゅう》にドクドクと音《おと》を立《た》てる。

でも、なるべくそれを悟《さと》られないように、わたしは平静《へいせい》をよそおって答《こた》えた。

「……あ、あの人《ひと》は、親同士《おやどうし》がちょっと知《し》り合《あ》いっていうだけで、わたしとはなにも関係《かんけい》ないよ。……関係《かんけい》、ない。でも、ありがとう。心配《しんぱい》してくれて」

関係《かんけい》あるわけない。

昨日《きのう》のキスだって、きっと要《かなめ》の気《き》まぐれなんだ。

気分《きぶん》でそういうこと、できちゃうヤツなんだよ。

藤森《ふじもり》くんは、それを聞《き》くと「そっか」と視線《しせん》をそらして、首《くび》の辺《あた》りをポリポリとかいた。

でも……。

「でも、なんで？　……なんで、わたしのこと気《き》にしてくれるの？」

「え」

わたしの言葉《ことば》に、藤森《ふじもり》くんは驚《おどろ》いて顔《かお》を上《あ》げた。

藤森《ふじもり》くんのその顔《かお》を見《み》て、きょとんとしてしまう。

だってそうだよね？　突然《とつぜん》、要《かなめ》のこと言《い》い出《だ》すなんて……。

「あー……」

藤森《ふじもり》くんは、ちらっとわたしの顔《かお》を見《み》た。

そして、またグラウンドに目《め》をやりながら言《い》った。

「俺《おれ》……桜井《さくらい》が好《す》きだし」

「…………」

……え？

え、えっ!?　今《いま》、なんて……。

自分《じぶん》が今聞《いまき》いた言葉《ことば》が信《しん》じられずに、眉間《みけん》にシワを寄《よ》せて、藤森《ふじもり》くんを見《み》た。

その顔《かお》を見《み》て、藤森《ふじもり》くんは「クッ」と笑《わら》うと、今度《こんど》はまっすぐわたしを見《み》つめて言《い》った。

「俺《おれ》は、桜井未央《さくらいみお》さんが好《す》きです」

「ええぇ!?」

はっきりと聞《き》こえた言葉《ことば》に、今度《こんど》は驚《おどろ》きの声《こえ》を上《あ》げてしまった。

だって、信《しん》じられないよ!

あこがれの藤森《ふじもり》くんだよ?

藤森《ふじもり》くんがわたしを好《す》きなんて……!

大混乱《だいこんらん》のわたしに、藤森《ふじもり》くんはさらに追《お》いうちをかけた。

「昨日《きのう》、相田《あいだ》が桜井《さくらい》を呼《よ》び出《だ》したろ? 俺《おれ》、あの時《とき》すげーあせってて。桜井《さくらい》をとられるって思《おも》ってた。……これは完璧《かんぺき》、恋《こい》でしょ」

「………」

いや……。

あの、そんなさわやかな笑顔《えがお》で『恋《こい》でしょ』なんて言《い》われても……。

なぜか楽《たの》しそうに笑《わら》う藤森《ふじもり》くんから、目《め》がそらせない。

「……やべ。じゃ、俺《おれ》行《い》くから。また後《あと》でな」

そう言《い》うと、藤森《ふじもり》くんは練習《れんしゅう》に戻《もど》っていった。

わたしは、なにも返《かえ》すことができず、藤森《ふじもり》くんのその背中《せなか》を見送《みおく》った。

う、嘘《うそ》……藤森《ふじもり》くんが……。わたしを……好《す》き？

ゆらゆらココロ

藤森《ふじもり》くんに告白《こくはく》をされたこと、いまだに実感《じっかん》がわかない。

あれからすぐに教室《きょうしつ》に行《い》く気《き》にもなれず、重《おも》い足《あし》を引《ひ》きずるようにして、中庭《なかにわ》にたどり着《つ》いた。

誰《だれ》もいないこの場所《ばしょ》で少《すこ》しでも冷静《れいせい》になりたくて、ベンチで頭《あたま》を抱《かか》えていると、太陽《たいよう》のような明《あか》るい声《こえ》が響《ひび》いた。

「おはよっ！　それで？　どうだったの？　未央《みお》の記念《きねん》すべき同棲生活初日《どうせいせいかつしょにち》はっ」

だから……早苗《さなえ》ーっ。同棲《どうせい》って言《い》うのやめてよ。

その言葉《ことば》で、要《かなめ》の顔《かお》が浮《う》かぶ。それは、キスをする直前《ちょくぜん》のあの顔《かお》。

なにか大切《たいせつ》なことを伝《つた》えたそうにしていた、あの瞳《ひとみ》。

ドキドキしちゃったのは……事実《じじつ》なの。

「うわぁーん！　早苗《さなえ》ぇ」

思《おも》わず早苗《さなえ》に泣《な》きついた。頭《あたま》パンクしそう。

わたしは早苗《さなえ》と並《なら》んで教室《きょうしつ》に向《む》かって歩《ある》く。

ま、ほとんど早苗《さなえ》に引《ひ》きずられてるようなものだけど。

「……そっか。相田要《あいだかなめ》に、藤森旬《ふじもりしゅん》か」

早苗《さなえ》は、う～んと腕組《うでぐ》みをした。

「未央《みお》はさ、今《いま》まで藤森《ふじもり》のこと気《き》になってたでしょ？」

早苗《さなえ》はわたしの顔《かお》を見《み》る。

「……気《き》になるっていうか、あこがれに近《ちか》いかな……」

そう言《い》って、力《ちから》なくうなずく。

「わたしね……おかしいんだ。昨日《きのう》要《かなめ》といて、すごくドキドキしたの」

自分《じぶん》が今《いま》、なにを言《い》っているのかわからなくなった。

なんか引《ひ》っかかる。

要《かなめ》といると、あの瞳《ひとみ》に見《み》つめられると……記憶《きおく》の奥《おく》の深《ふか》いところがうずく。

こんな気持《きも》ち初《はじ》めてで、どうしたらいいかわからない。

わーんっ。わたしはどうしたいんだ？

朝練《あされん》を終《お》えた藤森《ふじもり》くんは、きっともう教室《きょうしつ》にいるだろう。

会《あ》うの、なんだか気《き》まずいなぁ……。

「はぁ……」

わたしはため息《いき》をついて、窓《まど》の外《そと》に視線《しせん》をずらした。

この時間《じかん》になると、登校《とうこう》してくる生徒《せいと》もまばらになってる。

要《かなめ》……もう来《き》てるのかな。

そんなことを考《かんが》えてると、早苗《さなえ》がわたしの脇腹《わきばら》をこづいた。

「え？」

わたしは窓《まど》から早苗《さなえ》に視線《しせん》を戻《もど》した。早苗《さなえ》はあごでなにかを指《さ》しているみたい。

ん？　なに？

早苗《さなえ》の目線《めせん》を追《お》った。

「……あ」

わたしたちの視線《しせん》の先《さき》にいたのは、要《かなめ》だった。

今《いま》、来《き》たところなんだ……。

——ドキンッ。

おとなしくしてくれていた心臓《しんぞう》が、再《ふたた》び騒《さわ》がしくなった。

――ドクン、ドクン。

胸《むね》が痛《いた》い。なに、これ。

前《まえ》から友達《ともだち》と数人《すうにん》で歩《ある》いてくる要《かなめ》に、ものすごく動揺《どうよう》してる。

さっき藤森《ふじもり》くんに会《あ》った時《とき》は嬉《うれ》しかったけど、こんなにドキドキはしなかった。

どんどん近《ちか》づいてくる。どうしよう。どうしよう。

朝《あさ》起《お》こさなかったこと、どう思《おも》ってるかな？

前《まえ》に進《すす》むことも、逃《に》げ出《だ》すこともできなくて、わたしはその場《ば》に立《た》ちすくんでいた。

なんの話《はなし》をしているんだろう。とても楽《たの》しそうに笑《わら》い合《あ》ってる。

肩《かた》をこづかれながら、少《すこ》し身《み》をかがめて笑《わら》うその顔《かお》に、なぜか目《め》を奪《うば》われてしまう。

あと数《すう》メートル……。あと数《すう》センチ……。あと……。

「…………」

え？

要《かなめ》は、なにも言《い》わず通《とお》りすぎた。

わたしのことなんて、最初《さいしょ》から知《し》らないみたいに。

すれ違《ちが》う瞬間《しゅんかん》、一瞬《いっしゅん》だけこっちを見《み》た気《き》がした。

でも、それも気《き》のせいなのかもしれない。

この痛《いた》みはなんだろう？

胸《むね》がキリキリと、音《おと》を立《た》てて痛《いた》んだ。

「なーにあれ。未央《みお》に気《き》づいてなかったのかな？」

早苗《さなえ》が、通《とお》り過《す》ぎていった要《かなめ》の姿《すがた》を見《み》ながら言《い》った。

ううん。要《かなめ》は気《き》づいてたはずだよ。わたしが言《い》ったから。『他人《たにん》のフリをして』って……。

その約束《やくそく》、ちゃんと覚《おぼ》えていてくれて、それを守《まも》ってくれてるだけなんだ。

教室《きょうしつ》に入《はい》ると、すぐに藤森《ふじもり》くんと目《め》が合《あ》った。

藤森《ふじもり》くんは片手《かたて》を挙《あ》げ、わたしにあいさつ

をしてくれた。
いつもと変《か》わらない藤森《ふじもり》くん。そんな彼《かれ》にわたしはぎこちなく笑顔《えがお》を向《む》けた。
告白《こくはく》の返事《へんじ》をしなくちゃ。
だけど、わたし、変《へん》なんだ。藤森《ふじもり》くんのことより、アイツのことを考《かんが》えてる。
今《いま》、なにしてるのかなとか……。なんの授業受《じゅぎょうう》けてるのかな、とか。
それに、学校《がっこう》にいる間《あいだ》もずっと目《め》で探《さが》してる。
要《かなめ》の姿《すがた》を……わたし探《さが》してるんだ。

一日学校《いちにちがっこう》にいて、要《かなめ》に会《あ》ったのは朝《あさ》の一度《いちど》きりだった。
同《おな》じ一年《いちねん》でも、校舎《こうしゃ》が違《ちが》うんだから、そんな頻繁《ひんぱん》に会《あ》うわけじゃないけど……。
移動《いどう》とかで、必《かなら》ずわたしたちのクラスの前《まえ》を通《とお》らなくちゃいけない授業《じゅぎょう》もあるのに。
それでも、要《かなめ》の姿《すがた》を見《み》つけられなかった。
会《あ》いたいような会《あ》いたくないような、不思議《ふしぎ》な気持《きも》ち。
今日一日《きょういちにち》、わたしは要《かなめ》の姿《すがた》を探《さが》してた。
結局《けっきょく》、藤森《ふじもり》くんともタイミングが合《あ》わず、話《はな》せる時間《じかん》が持《も》てないまま、わたしは家《いえ》に帰《かえ》ることにした。

帰宅《きたく》すると、玄関《げんかん》には見覚《みおぼ》えのある靴《くつ》。要《かなめ》のものだ。

……帰《かえ》ってきてるんだ。

わたしはそのまま二階《にかい》に上《あ》がって、カバンを置《お》く。

要《かなめ》、部屋《へや》にいるのかな。すごく静《しず》かだけど……。

ふと、朝学校《あさがっこう》ですれ違《ちが》った時《とき》のことを思《おも》い出《だ》す。

わたしがお願《ねが》いした通《とお》り、他人《たにん》のフリをしてくれた要《かなめ》。すごく楽《たの》しそうに笑《わら》ってるその顔《かお》は……まるで知《し》らない人《ひと》みたいだった。

ズキン……。なんだか胸《むね》の奥《おく》が、チクチク痛《いた》い。

「……あんなふうに無視《むし》するなんて」

わたし、矛盾《むじゅん》してる。

フルフルと頭《あたま》をふって、勢《いきお》いよく制服《せいふく》を脱《ぬ》いだ。

トレーナーとジーンズに着替《きが》えると、部屋《へや》を出《で》て階段《かいだん》を降《お》りる。お腹《なか》すいちゃった。甘《あま》いココアでも飲《の》みたいな。

そんなことを考《かんが》えていると、リビングから話《はな》し声《ごえ》がすることに気《き》がついた。

……要《かなめ》？　誰《だれ》か来《き》てるの？

不思議《ふしぎ》に思《おも》いながらも、そのままリビングのドアを開《あ》けて部屋《へや》の中《なか》をのぞいた。

『それでね、って……ちょっと要《かなめ》、ちゃんと聞《き》いてるの？』

スピーカーを通《とお》したような女《おんな》の子《こ》の声《こえ》が聞《き》こえる。

キッチンで冷蔵庫《れいぞうこ》の扉《とびら》を開《あ》けたままの要《かなめ》が、わたしが帰《かえ》ってきたことに気《き》づいて驚《おどろ》いたように振《ふ》り返《かえ》った。

「…………」

「…………」

何度《なんど》かまばたきをした要《かなめ》はわたしから目《め》をそらすと、ゆっくりと冷蔵庫《れいぞうこ》の扉《とびら》を閉《し》めて、手《て》にしていたグラスにお茶《ちゃ》を注《そそ》いだ。

『要《かなめ》～？』

要《かなめ》はテーブルに置《お》かれたスマホを持《も》って操作《そうさ》すると、それを耳《みみ》に押《お》し当《あ》てた。

「聞《き》いてる聞《き》いてる。あー……でも待《ま》って。あとでかけ直《なお》す」

少《すこ》し気《け》だるげにそう言《い》って、要《かなめ》は通話《つうわ》を切《き》った。

電話《でんわ》の相手《あいて》……、女《おんな》の子《こ》だった……。

要《かなめ》が再《ふたた》び冷蔵庫《れいぞうこ》を開《あ》けて、お茶《ちゃ》が入《はい》ったボトルをしまったのを見《み》てそこで我《われ》に返《かえ》った。

今《いま》、話《はな》したくない！

自分《じぶん》の部屋《へや》に行《い》こうときびすを返《かえ》したわたしに、要《かなめ》が声《こえ》をかける。

「おかえり、未央《みお》」

「…………」

なによ、なんでそんなに普通《ふつう》なの!?

「今《いま》……電話《でんわ》してた人《ひと》、彼女《かのじょ》？」

振《ふ》り返《かえ》って要《かなめ》を見《み》た。

ゴクゴクってお茶《ちゃ》を飲《の》み干《ほ》した要《かなめ》がほんの少《すこ》しだけ押《お》し黙《だま》る。

「……ちがうけど、なんで？」

「なんでって……それはっ」

……、それは、要《かなめ》が……。

要《かなめ》が……わたしにキス、したんじゃん。

だけどそんなことは言《い》えるはずもなくて。

黙《だま》ったまま唇《くちびる》をとがらせたわたしに、要《かなめ》が少《すこ》しだけ笑《わら》った気《き》がした。

「お前《まえ》……」

そう言《い》って、ゆっくり近《ちか》づいてくる。

ジリジリとその距離《きょり》を縮《ちぢ》める要《かなめ》を前《まえ》に、わたしは同《おな》じだけ距離《きょり》をとる。

「もしかして妬《や》いてんの？」

無造作《むぞうさ》にセットされた髪《かみ》の間《あいだ》から、わたしをとらえる要《かなめ》の瞳《ひとみ》の奥《おく》に、なにやら怪《あや》しい光《ひかり》を感《かん》じる。

「きゃ……」

不意《ふい》に足《あし》もとになにか当《あ》たる感覚《かんかく》がして、ガクンと体《からだ》が倒《たお》れていく。

チラッと視線《しせん》だけを向《む》けると、ソファの背《せ》もたれがあって、それ以上《いじょう》逃《に》げられないとわかる。

一気《いっき》に血《ち》の気《け》が引《ひ》くのを感《かん》じて、要《かなめ》に視線《しせん》を戻《もど》す。

まるで逃《に》がさないとでも言《い》うように、ふ、と軽《かる》く笑《わら》った要《かなめ》。

今度《こんど》は、体中《からだじゅう》が心臓《しんぞう》になったかのように脈《みゃく》を打《う》つ。同時《どうじ》に耳《みみ》にまで熱《ねつ》を感《かん》じた。

「俺《おれ》のこと、気《き》になる？」

要《かなめ》がなぜか、お腹《なか》を空《す》かせたオオカミに見《み》えてくる。

「……っなに言《い》ってんの？　わ、わたしはただ……誰《だれ》なのかなって思《おも》っただけだし。そ、それにっ……」

「……それに？」

わたしの言葉《ことば》をさえぎるように、要《かなめ》の手《て》が髪《かみ》に触《ふ》れる。

あきれたようなからかいを含《ふく》んだ、意地悪《いじわる》な笑《え》みを浮《う》かべる要《かなめ》。

要《かなめ》のヤツ……わたしの反応《はんのう》を見《み》て楽《たの》しんでる……！

でもその態度《たいど》とは裏腹《うらはら》に、要《かなめ》の大《おお》きな手《て》はわたしの頬《ほお》を優《やさ》しく包《つつ》んだ。

――ドキン!!

ジッとわたしの顔色《かおいろ》をうかがう要《かなめ》。

もう、限界《げんかい》だ。心臓《しんぞう》もたない。なんなの、この状況《じょうきょう》はっ。

めまいがしそうになって、わたしがもう一度《いちど》文句《もんく》を言《い》おうと、口《くち》を開《ひら》きかけた時《とき》だった。

「――思《おも》ったんだけど。未央《みお》ってさ、俺《おれ》のこと好《す》きなの？」

「はあ!?」

顔《かお》を包《つつ》む手《て》の親指《おやゆび》が、答《こた》えをうながすように唇《くちびる》をなぞる。

「……か……要《かなめ》……く……」

わたしは……。そ、そんなはず……。

──要《かなめ》の顔《かお》が近《ちか》づく。

伏《ふ》し目《め》がちに、少《すこ》し顔《かお》をかたむかせて。

抵抗《ていこう》しようとした瞬間《しゅんかん》、わたしの両手《りょうて》は要《かなめ》のもう片方《かたほう》の手《て》によって自由《じゆう》を奪《うば》われていた。

わたしは反射的《はんしゃてき》にギュッと目《め》を閉《と》じる。

うわっ、キキ、キ……キスされる⁉　待《ま》って、待《ま》って、待《ま》ってぇぇぇ！

「…………」

……って、あれ？

要《かなめ》の気配《けはい》をすぐ近《ちか》くに感《かん》じるのに、なにも起《お》きない。

おそるおそる目《め》を開《あ》けると、要《かなめ》はまだそこにいた。

上目《うわめ》づかいで、わたしの顔《かお》をのぞき込《こ》む要《かなめ》。

ひゃあっ！　ちっ……近《ちか》すぎだからっ！

目《め》の前《まえ》で、要《かなめ》の長《なが》い前髪《まえがみ》がゆれている。

顔《かお》を真《ま》っ赤《か》にしながらおろおろするわたしを見《み》て、要《かなめ》はいたずらっぽく口角《こうかく》を上《あ》げた。

「……名前《なまえ》、呼《よ》んでよ」

「え？　な、ふざけてないで放《はな》して……」

「言《い》わないなら、ずっとこのままだぜ？　要《かなめ》って、ちゃんと言《い》ってみ？」

子供《こども》みたいに無邪気《むじゃき》な笑顔《えがお》を見《み》せる要《かなめ》。

なによ、なによ、なによ、なによっ。その勝手《かって》な発言《はつげん》！

体《からだ》から湯気《ゆげ》が出《で》そうなくらい、ほてってしまっている。

心臓《しんぞう》がドクドクと、今《いま》までにない速《はや》さで音《おと》を刻《きざ》む。

く……くやしい！

「か、要《かなめ》っ……」

手首《てくび》が痛《いた》い。

要《かなめ》はわたしの手《て》をつかんだまま、さらに抵抗《ていこう》できないように頭《あたま》の上《うえ》に持《も》っていく。

「なに？　聞《き》こえない」

「要《かなめ》っ！　もういいでしょ？　放《はな》してよ。わたしは別《べつ》にあんたのことなんてっ……」

わたしの言葉《ことば》をさえぎるように、要《かなめ》は強引《ごういん》に唇《くちびる》をふさいだ。

その強引《ごういん》さとは裏腹《うらはら》に、キスがとても優《やさ》しくてあたたかくて……驚《おどろ》いた。

からかわれてるって、わかってる。

でも……でもわたし……。

「……んっ」

かんちがいしそう。これは〝好《す》きな人《ひと》にするキス〟だって。

「……未央《みお》」

少《すこ》しかすれた声《こえ》が、わたしの耳《みみ》もとをくすぐった。

それをきっかけに頭《あたま》には一気《いっき》に血《ち》がのぼっていく。

「……やっ」

我《われ》に返《かえ》って、力任《ちからまか》せに要《かなめ》の胸《むね》を押《お》しやった。

要《かなめ》が油断《ゆだん》していたのか、さっきまでかなわなかったわたしの力《ちから》で、いとも簡単《かんたん》にソファから追《お》い出《だ》すことができた。

「おわっ！」

「……はぁ……はぁ」

肩《かた》で息《いき》をしながら、少《すこ》し乱《みだ》れた髪《かみ》と服《ふく》をさっと直《なお》す。

「いてぇ……」

頭《あたま》をさすりながら体《からだ》を起《お》こすと、要《かなめ》はうらめしそうにわたしをジロリとにらんだ。

「……なにすんだよ？」

「な、なにするんだじゃな……ないでしょ⁉　要《かなめ》こそなにすんのよっ。サイテー！」

思《おも》わず身《み》がまえるわたしを見《み》て、なんだかバツが悪《わる》そうに首《くび》をポリポリとかいた。

なによ、今度《こんど》はなに言《い》う気《き》？

キッとにらみつけるように、わたしは警戒《けいかい》を解《と》かない。

「…………」

自分《じぶん》でも気《き》がついていた。強《つよ》がってみても、体《からだ》は震《ふる》えていることに。

要《かなめ》はそんなわたしをじっと見《み》つめて、それから大《おお》きくため息《いき》をついた。

「……ごめん」

「なによ……え？」

てっきりバカにするような言葉《ことば》が降《ふ》ってくると思《おも》っていたから、あっけにとられて要《かなめ》を見上《みあ》げた。

「――震《ふる》えてる。怖《こわ》がらせてごめん」

「……あ……う、うん」

拍子抜《ひょうしぬ》け。謝《あやま》られると、余計《よけい》に戸惑《とまど》うんですけど。

なんだかギクシャクしたまま。

「……、夕飯《ゆうはん》どうする？　今日《きょう》は俺《おれ》がなんか作《つく》る」

要《かなめ》は何事《なにごと》もなかったかのようにキッチンに向《む》かい、無造作《むぞうさ》にパーカーの袖《そで》をまくると冷蔵庫《れいぞうこ》を開《あ》けた。

「…………」

……なんなの、アイツ。なんであんなに普通《ふつう》でいられるの⁉

わたしはなにも言《い》えないまま、要《かなめ》の背中《せなか》をにらんだ。

あんなキスしておいて、もう平然《へいぜん》としてる。

わたしだけこんなにドキドキして、バカみたい。

くやしい！　こんなに腹《はら》が立《た》つのに、なのにキスされるのは嫌《いや》じゃなかったなんて。

わたし、どうかしてる。頭《あたま》の中《なか》ぐちゃぐちゃだよ。

ツンと鼻《はな》の奥《おく》が痛《いた》い。じわりと視界《しかい》がにじんで、要《かなめ》の背中《せなか》が見《み》えなくなる。

「未央《みお》、オムライスでいい？」

「…………」

「……未央《みお》？」

返事《へんじ》をしないわたしに気《き》づいて、そこでようやく要《かなめ》が顔《かお》を上《あ》げた。

要《かなめ》から逃《に》げるように一歩《いっぽ》下《さ》がる。一歩《いっぽ》、また一歩《いっぽ》。

「ごめん、やっぱりいらない」

「え？　あ、ちょ……おいっ！」

そうしてわたしは、リビングを飛《と》び出《だ》した。

背後《はいご》から「未央《みお》」って少《すこ》しだけあせった要《かなめ》の声《こえ》がする。

だけどわたしはそれをふり切《き》って、そのまま要《かなめ》から逃《に》げ出《だ》したんだ。

ヤキモチの定義《ていぎ》

わたしは学校《がっこう》の近《ちか》くにある堤防《ていぼう》に座《すわ》り、ただぼんやりと川《かわ》を眺《なが》めていた。

街並《まちな》みがオレンジに染《そ》まり、ビルの群衆《ぐんしゅう》の向《む》こう側《がわ》にぼやけた太陽《たいよう》が沈《しず》んでいく。

「はあ……」

このままここにいても、何《なに》も解決《かいけつ》しない。

わかってるけど、要《かなめ》とどんな顔《かお》で会《あ》えばいいのかわかんなくなっちゃった。

「はぁ〜あ、なにやってるんだろ」

何度目《なんどめ》かのため息《いき》をついて、わたしはポケットからスマホを取《と》り出《だ》した。

ディプレイには大《おお》きく十八時《じゅうはちじ》と表示《ひょうじ》されている。そこにはなんの通知《つうち》もない。

……わたしが勝手《かって》に出《で》ていったんだし、連絡《れんらく》が来《こ》ないのはあたりまえだけど。

それでも無性《むしょう》に腹《はら》が立《た》つ。

それは、嫌《いや》でも要《かなめ》の電話相手《でんわあいて》のことを思《おも》い出《だ》しちゃうからだ。

「……彼女《かのじょ》でもないのに、要《かなめ》って呼《よ》び捨《す》てなんだ……」

マナたちもモテるって言《い》ってたし、認《みと》めたくないけど、要《かなめ》はかっこいい。頭《あたま》もよければ、運動《うんどう》も出来《でき》る。仕草《しぐさ》、声《こえ》、整《ととの》った顔《かお》、それに笑《わら》うと途端《とたん》に無邪気《むじゃき》になるなんて……そんなのモテるに決《き》まってるよ……！

ガバリと両手《りょうて》で頭《あたま》を抱《かか》えた。

もう……っ！　本当《ほんとう》なんなの!?　モヤモヤする！

要《かなめ》は突然現《とつぜんあらわ》れて、あっという間《ま》にわたしの心《こころ》の中《なか》を埋《う》め尽《つ》くしちゃった。

意地悪《いじわる》に目《め》を細《ほそ》めて笑《わら》いながらも、要《かなめ》はまるで愛《いと》おしいものに触《ふ》れるようにわたしの髪《かみ》をなでていた。

『俺《おれ》のこと、好《す》きなの？』

すき？　スキ……、好《す》き。

まだ……触《ふ》れられたところ、熱《あつ》い。

ふるえる指先《ゆびさき》で自分《じぶん》の唇《くちびる》に触《ふ》れたその時《とき》。

——ブブッ。

突然《とつぜん》スマホがゆれた。

【藤森旬《ふじもりしゅん》：明日話《あしたはな》せる？】

藤森《ふじもり》くん！

要《かなめ》のことで頭《あたま》がいっぱいになってたけど、藤森《ふじもり》くんに告白《こくはく》されてたんだ。

返事《へんじ》しなくちゃ。待《ま》たせたら失礼《しつれい》だよね……。

川《かわ》から吹《ふ》いてくる風《かぜ》の中《なか》に、雨《あめ》の匂《にお》いがする。さっきまで晴《は》れていたのに。

とにかく今日《きょう》は帰《かえ》ろう。

わたしは立《た》ち上《あ》がって、服《ふく》についた草《くさ》を払《はら》う。

「桜井《さくらい》？」

とつぜん背後《はいご》で声《こえ》がして、わたしはゆっくりとその声《こえ》がした方《ほう》を振《ふ》り返《かえ》った。

「驚《おどろ》いた……なにしてんだ？」

え、なんで藤森《ふじもり》くんが……。

大《おお》きなリュックを背負《せお》った藤森《ふじもり》くんは、またがっていた自転車《じてんしゃ》から降《お》りてわたしの方《ほう》へ向《む》かってくる。

「ちょうどメッセージ送《おく》ったとこだった」

そう言《い》って藤森《ふじもり》くんは、照《て》れたように笑《わら》った。

「あ、うん。見《み》たよ。返信《へんしん》してなくて、その……ごめんね」

「いいよ、全然《ぜんぜん》」

肩《かた》をすくめた藤森《ふじもり》くんは、もう一度《いちど》スマホの画面《がめん》を確認《かくにん》する。

「こんなところでどうした？」

藤森《ふじもり》くんは、首《くび》をかしげてわたしを見《み》た。

「あ、えっと……ちょっと用《よう》があって。でももう帰《かえ》るところ！」

すると、藤森《ふじもり》くんは黙《だま》ってわたしの隣《となり》に並《なら》ぶ。

「なら送《おく》ってくよ。もう暗《くら》くなるし」

「ええっ、そんな平気《へいき》だよ、ひとりで大丈夫《だいじょうぶ》。……ありがとう」

今度《こんど》は両手《りょうて》と一緒《いっしょ》に首《くび》を振《ふ》る。そんなわたしを見《み》て、藤森《ふじもり》くんは笑《わら》った。

「そう？　ならいいけど。本当《ほんとう》に平気《へいき》？」

もう一度《いちど》自転車《じてんしゃ》にまたがりながら、藤森《ふじもり》くんは首《くび》をかしげた。

……優《やさ》しいな。

「うん。本当《ほんとう》に大丈夫《だいじょうぶ》だよ」

「そっか。じゃ、また明日《あした》！」

そう言《い》ってわたしに手《て》を振《ふ》る後《うし》ろ姿《すがた》に、意《い》を決《けっ》して声《こえ》をかけた。

「ふ、藤森《ふじもり》くんっ！」

言《い》わなくちゃ。

──キキイッ……。

ブレーキ音《おん》が響《ひび》いて、藤森《ふじもり》くんはわたしを振《ふ》り返《かえ》った。

ちゃんと言《い》わなくちゃ、わたしの気持《きも》ち。

「あの……わたし、」

キュっと唇《くちびる》をかみしめて、なにから言《い》えばいいか、必死《ひっし》に言葉《ことば》を探《さが》す。

だって、傷《きず》つけてしまう言葉《ことば》しか思《おも》いつかない。

うつむいていた視界《しかい》に、はき崩《くず》したスニーカーが見《み》えた。

ゆっくりと顔《かお》を上《あ》げる。

「……返事《へんじ》、してくれるの？」

そう言《い》って、藤森《ふじもり》くんは笑《わら》った。

「……藤森《ふじもり》くん、あのね、あの……わたし、」

見上《みあ》げると、じっとわたしを見下《みお》ろしている藤森《ふじもり》くんと目《め》が合《あ》った。

その瞳《ひとみ》はまっすぐで、透《す》き通《とお》っていて、すごくキレイで。

「あの……」

「俺《おれ》、フラれるんだ」

「……え」

「もしかして、一歩《いっぽ》遅《おそ》かった感《かん》じ？」

「え？」

藤森《ふじもり》くんは「はあ」と小《ちい》さくため息《いき》をつくと、首元《くびもと》をさすりそのままうつむいてしまった。

「……いいよ。はっきり言《い》ってくれて」

眉《まゆ》を下《さ》げた藤森《ふじもり》くんの笑顔《えがお》に、胸《むね》がぎゅっとしめつけられた。

「……ごめんなさい。藤森《ふじもり》くんの気持《きも》ちに応《こた》えられないけど、その、すごく嬉《うれ》しかった」

わたしはそう言《い》って、しっかりと藤森《ふじもり》くんと視線《しせん》を合《あ》わせた。

「だから、ありがとう」

「…………」

そう言《い》ったわたしに、藤森《ふじもり》くんは驚《おどろ》いたように瞳《ひとみ》をしばたたかせた。

それから、ふっと表情《ひょうじょう》を崩《くず》していつものように笑《わら》う。

「……はは。うん」

藤森《ふじもり》くんは「あ」ってなにかを言《い》いかけて、気《き》まずそうにそれを言《い》いよどむ。

そして、わたしの顔《かお》をうかがいながら遠慮《えんりょ》がちに言《い》った。

「俺《おれ》たち、これからもトモダチ、だよな？」

「もちろんだよ……！」

わたしは思《おも》わず身《み》を乗《の》り出《だ》した。

そんなわたしの勢《いきお》いに押《お》され、一歩《いっぽ》引《ひ》いた藤森《ふじもり》くんはまた笑《わら》ってくれた。

〝トモダチ〟でいて欲《ほ》しいなんて、わたしが願《ねが》うことなのに。

どこまでも優《やさ》しい藤森《ふじもり》くんがまぶしくて、わたしは目《め》を細《ほそ》めた。

と、その時《とき》。

——ポツポツ……。

雨粒《あまつぶ》が、わたしの鼻先《はなさき》をぬらす。

空《そら》を見上《みあ》げると、怪《あや》しい雲《くも》が、いつの間《ま》にかここまでやってきていた。

——ザァァア。

本格的《ほんかくてき》に降《ふ》り出《だ》してきた、冷《つめ》たい雨《あめ》。

「うわ、降《ふ》ってきた」

藤森《ふじもり》くんはそう言《い》って、すぐに自転車《じてんしゃ》に向《む》かってかけ出《だ》した。

「桜井《さくらい》、乗《の》って！」

さっと自転車《じてんしゃ》にまたがった藤森《ふじもり》くんが、わたしを振《ふ》り返《かえ》りながら叫《さけ》んだ。

「送《おく》ってく！」

「あ、うんっ」

うながされるまま、わたしは藤森《ふじもり》くんの自転車《じてんしゃ》の荷台《にだい》にまたがった。

わたしが乗《の》り込《こ》むと、すぐに自転車《じてんしゃ》は走《はし》り出《だ》す。

雨《あめ》はあっという間《ま》にわたしたちを包《つつ》み込《こ》み、世界《せかい》を灰色《はいいろ》に変《か》えてしまった。

雨模様《あめもよう》――要《かなめ》 side

気《き》がつくと俺《おれ》の周《まわ》りには、いつも人《ひと》が集《あつ》まってくる。
その中《なか》には下心《したごころ》のある女子《じょし》がいることも、わかってる。
俺《おれ》だって初《はじ》めは、めんどうだなって思《おも》ってた。けど。
いつからか拒《こば》むことすらめんどくさくなって、適当《てきとう》にあしらってきた。
こうなってるのは、自業自得《じごうじとく》だ。

「はあ……」
誰《だれ》もいなくなったリビングで、ぐったりとソファに座《すわ》り込《こ》む。
なにしてんだ、俺《おれ》は……。
天井《てんじょう》を見上《みあ》げて、そのまま腕《うで》で視界《しかい》をさえぎった。
閉《と》じたまぶたの中《なか》に浮《う》かぶのは、小《ちい》さな手《て》をギュッと握《にぎ》りしめて俺《おれ》をにらむ、未央《みお》だ。
なんで、キスなんて……。

「嫌《きら》われて当然《とうぜん》だろ……」

するつもりなんてなかった。からかうだけのつもりだったんだ。

「アイツが……、未央《みお》が忘《わす》れてるから……」

そんな言葉《ことば》がこぼれて、俺《おれ》は両手《りょうて》で顔《かお》をおおう。

アイツが覚《おぼ》えてないからなんだ。

力《ちから》なく落《お》ちていく腕《うで》は、ソファの上《うえ》にドサッと落《お》ちる。

黙《だま》って天井《てんじょう》を見《み》つめ、ぎゅっと目《め》を閉《と》じた。

――ヴヴ。

その時《とき》、すぐそばでスマホが鳴《な》った。

重《おも》たい体《からだ》を起《お》こして、ディスプレイを見《み》るとすでに何件《なんけん》かメッセージが届《とど》いていた。

クラスのグループチャットだ。とくに開《ひら》くわけでもなく、そのまま閉《と》じようとしたところで、またスマホが鳴《な》る。

《要《かなめ》ー！　何時《なんじ》ごろ電話《でんわ》できる？》

それは、さっき電話《でんわ》していた女子《じょし》からのメッセージ。

《いつでもいいから電話《でんわ》して！》

立《た》て続《つづ》けにそう届《とど》いて、重《おも》いため息《いき》をつく。

はあ……。めんどくさ。

俺《おれ》は持《も》っていたスマホをポイっと放《ほう》り投《な》げる。

本当《ほんとう》に捕《つか》まえたい奴《やつ》が捕《つか》まらないなら、こんなものいらない。


――コチコチコチ……。

時計《とけい》の針《はり》の音《おと》がする。

ふと気《き》づくと、部屋《へや》の中《なか》は薄暗《うすぐら》くなっていた。

時計《とけい》に目《め》をやると、すでに針《はり》は夕方《ゆうがた》の六時《ろくじ》を回《まわ》っていた。

外《そと》を見《み》ると、今《いま》にも雨《あめ》が降《ふ》り出《だ》しそうだった。

「なにしてんだ、あのバカ」

傘《かさ》を持《も》って家《いえ》を出《で》ると、湿《しめ》っぽい風《かぜ》が顔《かお》をなでた。

俺《おれ》は、人通《ひとどお》りのまばらな住宅街《じゅうたくがい》を急《いそ》いだ。

「どこ行《い》ったんだよ」

上《あ》がっていく息《いき》をなんとか整《ととの》えた。そしてまた、走《はし》り出《だ》す。

怒《おこ》ってるなら、謝《あやま》ってやる。近《ちか》づくなって言《い》うなら、そうするから。

帰《かえ》って来《こ》いよ、未央《みお》。


学校近《がっこうちか》くの川《かわ》に差《さ》しかかった。

この堤防《ていぼう》はいつもなら、学校帰《がっこうがえ》りの学生《がくせい》やキャッチボールなんかをして遊《あそ》んでる子供《こども》たちで結構《けっこう》にぎやかな場所《ばしょ》だ。

休《やす》みの日《ひ》には、親子連《おやこづ》れがたくさんいる。

今日《きょう》は雨《あめ》も降《ふ》りそうな天気《てんき》だし、人《ひと》の姿《すがた》はまばらで、川《かわ》の流《なが》れる音《おと》がやけに聞《き》こえる。

ここにも、いない……か。

そう思《おも》って引《ひ》き返《かえ》しながら、もう一度堤防《いちどていぼう》を見渡《みわた》した俺《おれ》は、人影《ひとかげ》を見《み》つけてくぎづけになった。

「……未央《みお》」

未央《みお》だけじゃない。

もうひとり……あれは、たしか未央《みお》のクラスメイト？

――ジャリ。

踏《ふ》み出《だ》した足《あし》が、止《と》まる。
そこにふたりだけの時間《じかん》があるように感《かん》じて、その場《ば》に踏《ふ》みとどまった。
なんだ、そういうことかよ。
学校《がっこう》で他人《たにん》のフリをしてほしいって言《い》ったのも、そういうことだったのか。
ふたりの様子《ようす》を、なぜか俺《おれ》は固唾《かたず》をのんで見守《みまも》っている。
——ポツ。
不意《ふい》に鼻《はな》の頭《あたま》になにか落《お》ちてきた。我《われ》に返《かえ》って空《そら》をあおぐ。
ポツ……ポツ……。
さらに雨脚《あまあし》を強《つよ》めようとしている雲《くも》から、ふたりに視線《しせん》を戻《もど》す。
……だけど。

俺《おれ》が視線《しせん》を戻《もど》した瞬間《しゅんかん》、未央《みお》は藤森《ふじもり》の自転車《じてんしゃ》に乗《の》って、走《はし》り去《さ》っていった。
「……なんだよ」
わざわざ来《く》るまでも、なかったわけか。
……つか、俺《おれ》はなにしてんだ？
手《て》に持《も》っていた傘《かさ》を、ギュッと握《にぎ》りしめた。
そして、ふたりが走《はし》っていった方《ほう》に背《せ》を向《む》けて歩《ある》き出《だ》す。
雨《あめ》は冷《つめ》たく、俺《おれ》の体《からだ》に容赦《ようしゃ》なく打《う》ちつけてきた。
足《あし》が重《おも》い……まるで鉛《なまり》でもくっつけているみたいだ。
ぬかるんだ地面《じめん》には、すでに大《おお》きな水《みず》たまりができている。
そのにごった水《みず》に浮《う》かぶ、季節《きせつ》はずれの桜《さくら》の花《はな》びら。
激《はげ》しくなる雨《あめ》のしずくに打《う》たれては、浮《う》き沈《しず》みするピンク色《いろ》の小《ちい》さな欠片《かけら》。
その花《はな》びらをすくい上《あ》げると、あの日《ひ》の記憶《きおく》がよみがえった。
「……ったく。薄情《はくじょう》な女《おんな》」

相合傘《あいあいがさ》

「あ、この辺《へん》でいいよ」

居候《いそうろう》している要《かなめ》の家《いえ》は、この道《みち》の先《さき》だ。

だけど、そこまで送《おく》ってもらうわけにはいかないから、わたしは手前《てまえ》で藤森《ふじもり》くんの背中《せなか》に声《こえ》をかけた。

キュっと止《と》まった自転車《じてんしゃ》から勢《いきお》いよく飛《と》び降《お》りる。

「ありがとうっ、送《おく》ってくれて」

雨音《あまおと》でお互《たが》いの声《こえ》があんまり聞《き》こえない。

「おう！　また明日《あした》」

わたしたちは大声《おおごえ》でそう言《い》い合《あ》うと、手《て》を振《ふ》って別《わか》れた。

通《とお》り沿《ぞ》いには昔《むかし》ながらの喫茶店《きっさてん》がある。そのお店《みせ》の軒下《のきした》でいったん雨《あめ》をしのいで、去《さ》っていく藤森《ふじもり》くんの背中《せなか》を見送《みおく》った。

……ザァアア。

今日《きょう》のこと、まだ夢《ゆめ》を見《み》てるみたい。

まるでジェットコースターみたいな一日《いちにち》だった。

「…………」

赤《あか》い丸《まる》テント型《がた》の軒下《のきした》から、いまだに降《ふ》りやまない雨空《あまぞら》を見上《みあ》げる。

雨《あめ》のせいですっかり暗《くら》くなってしまった。

ぬれたジーンズのポケットからスマホを取《と》り出《だ》して、あらためて時間《じかん》を確認《かくにん》する。

「七時《しちじ》……」

要《かなめ》、心配《しんぱい》……してくれてるかな。

勝手《かって》に飛《と》び出《だ》してきちゃったし……、怒《おこ》ってるよね。

「ううん、元《もと》はと言《い》えば要《かなめ》が悪《わる》いんだし！」

……はあ。

宿題《しゅくだい》もしなくちゃ。それに、お腹《なか》だってすいた。

よし、走《はし》って帰《かえ》ろう！　もうこんなにぬれてるんだもん、あと少《すこ》しくらい……、
ギュッと顔《かお》を上《あ》げたその時《とき》。

頭《あたま》の上《うえ》に、傘《かさ》が差《さ》し出《だ》された。

わたしの目《め》の前《まえ》にいた人《ひと》。それは……。

「こんなとこでなにしてんだよ」

「要《かなめ》……？」

どうして……。

突然《とつぜん》現《あらわ》れた要《かなめ》。一瞬《いっしゅん》にして、周《まわ》りの音《おと》が遠《とお》くなっていくのを感《かん》じた。

ポカンとしたまま、背《せ》の高《たか》い要《かなめ》を見上《みあ》げた。

「雨宿《あまやど》り？　……にしてはずぶぬれだな」

そう言《い》って笑《わら》った要《かなめ》。そういう要《かなめ》も、ぬれてる……？

いつもはふわふわしてるその髪《かみ》から、ポタポタとしずくが落《お》ちてる。

パーカーだってぬれて、しっとりしてるよ？

要《かなめ》こそ、どうしたの？

「なんなら一緒《いっしょ》に入《い》れてやるけど、どうする？」

相変《あいか》わらずの上《うえ》から目線《めせん》。

眉尻《まゆじり》をクイっと上《あ》げて目《め》を細《ほそ》めたその顔《かお》は、腹《はら》が立《た》つくらい挑発的《ちょうはつてき》。

だけど……声《こえ》が優《やさ》しいから、わたしはまた混乱《こんらん》しちゃうんだ。

「……一緒《いっしょ》に、行《い》く」
傘《かさ》を差《さ》し出《だ》してわたしを待《ま》つ要《かなめ》の隣《となり》に入《はい》りながら、そうつぶやいた。
なによ……。
雨《あめ》が強《つよ》くてよかった。だって、雨音《あまおと》が心臓《しんぞう》の音《おと》をかき消《け》してくれる。
時々《ときどき》触《ふ》れる肩《かた》を意識《いしき》して、要《かなめ》の隣《となり》で体《からだ》を小《ちい》さく丸《まる》める。
チラリと隣《となり》を見上《みあ》げると、要《かなめ》はまっすぐ前《まえ》を見《み》ていて。
わたしがここにいることなんて、最初《さいしょ》から知《し》らないみたいな顔《かお》をしてる。
ドキン……ドキン、ドキン。
心臓《しんぞう》、痛《いた》い。
本当《ほんとう》は聞《き》きたい。なんでわたしにキスしたの？って。
要《かなめ》の周《まわ》りにいるきれいな女《おんな》の子《こ》たちよりも、わたしが勝《まさ》ってるところなんてない。
小《ちい》さいころ会《あ》ったことあるって言《い》ったって、ほとんど覚《おぼ》えてないんだもん。要《かなめ》だって
きっとそうだ。
ううん、わたしはあの桜《さくら》の風景《ふうけい》をなんとなく覚《おぼ》えているけど、要《かなめ》はそれすら記憶《きおく》にな
いんじゃないかな。

それくらいは聞《き》けるかも。わたしのこと、覚《おぼ》えてた？って。

意《い》を決《けっ》して見上《みあ》げた。それと同時《どうじ》に要《かなめ》もわたしを見下《みお》ろして、狭《せま》い傘《かさ》の中《なか》、わたしたちは見《み》つめ合《あ》う。

「……あ」

「………」

驚《おどろ》いて、そのまま言葉《ことば》は喉《のど》の奥《おく》に引《ひ》っ込《こ》んだ。

要《かなめ》もわたしを見下《みお》ろしたまま、何度《なんど》かまばたきをする。

ゆっくりだった歩幅《ほはば》が止《と》まりかけたその時《とき》、勢《いきお》いよく肩《かた》を抱《だ》かれた。

「！」

えっ、ええっ!?

首《くび》まで真《ま》っ赤《か》になったわたしをチラリと見《み》て、要《かなめ》は少《すこ》し身《み》を乗《の》り出《だ》した。

「結局《けっきょく》ぬらして、なにしてんだよ」

「あ、……ありがとう」

「走《はし》るぞ」

「う、うん」

傘《かさ》から出《で》てぬれていたわたしの肩《かた》を要《かなめ》に引《ひ》き寄《よ》せられたまま、家《いえ》までの距離《きょり》をふたりで走《はし》った。

小《ちい》さな傘《かさ》の下《した》。相合傘《あいあいがさ》がゆれる。

ずぶぬれの靴《くつ》が、雨《あめ》にぬれた道《みち》をかける。

その光景《こうけい》はまるでスローモーションのようにわたしの頭《あたま》の中《なか》で再生《さいせい》されて、胸《むね》がきゅってときめいた。


家《いえ》に着《つ》くと、要《かなめ》との距離《きょり》はあっという間《ま》に離《はな》れてしまった。

要《かなめ》は傘《かさ》をしまって靴《くつ》を脱《ぬ》ぐと、さっさと玄関《げんかん》を上《あ》がった。

「タオル持《も》ってくる。そんですぐ風呂入《ふろはい》って」

それだけ言《い》って、歩《ある》いていってしまう。

「……はぁい」

わたしはぬれた頬《ほお》を手《て》でぬぐうと、上《あ》がりかまちに座《すわ》った。

靴《くつ》がぬれて脱《ぬ》ぎにくい。

悪戦苦闘《あくせんくとう》してると、頭《あたま》の上《うえ》にバスタオルがふわりとかけられた。

「……靴《くつ》もまともに脱《ぬ》げねえのかよ」

見上《みあ》げると、要《よう》があきれたようにわたしを見下《みお》ろしていた。

要《かなめ》の首《くび》にもわたしよりひとまわり小《ちい》さなタオルがかかってる。

「ヒモがぬれちゃって脱《ぬ》ぎにくいだけです」

なぜか敬語《けいご》になってしまう。

ぎこちなく靴《くつ》に視線《しせん》を落《お》とすと、同《おな》じタイミングで要《かなめ》の手《て》がわたしの足《あし》もとに伸《の》びてきた。

「はいはい。そうですか」

「っ……」

さっきまでわたしが苦戦《くせん》してたっていうのに、要《かなめ》の長《なが》い指《ゆび》は、いとも簡単《かんたん》に靴《くつ》ヒモを解《ほど》いていく。

わたしの目《め》の前《まえ》にひざまずいて、靴《くつ》を脱《ぬ》がせてくれる要《かなめ》。

その姿《すがた》がおとぎ話《ばなし》の王子《おうじ》さまと重《かさ》なって、息《いき》が止《と》まる。

さっきからずっとうるさい心臓《しんぞう》が、もっともっと騒《さわ》ぎ出《だ》す。

なんかすごいことされてる……。

あっという間《ま》に脱《ぬ》がされた靴《くつ》。

要《かなめ》はわたしを見上《みあ》げてクイっと口角《こうかく》を上《あ》げると、意味深《いみしん》に笑《わら》った。

「風呂《ふろ》はひとりで行《い》けるよな？」

「……、……えええっ⁉」

ぼんやりと要《かなめ》の顔《かお》を見《み》ていたものだから、とっさに返事《へんじ》ができなくて、とんでもない声《こえ》が出《で》てしまった。

「い、行《い》ける！　行《い》けますっ」

バッと立《た》ち上《あ》がると、その勢《いきお》いのまま要《かなめ》に背《せ》を向《む》けた。

お風呂《ふろ》までの廊下《ろうか》を逃《に》げるように進《すす》む。

——バタン！

脱衣所《だついじょ》の扉《とびら》をしっかりしめて、ついでにカギもかけた。

「っ……はあ、はあ」

頭《あたま》にかかっていたタオルがずるりと肩《かた》に落《お》ちる。

それでそのまま顔《かお》をおおった。

「な……なんなの、よくわかんないけど……なんか、なんか、ずるい……」

扉《とびら》を背《せ》にして、ずるずると力《ちから》なく崩《くず》れ落《お》ちた。

……心臓《しんぞう》、壊《こわ》れちゃうかと思《おも》った。

「……もう、要《かなめ》のバカ」

わたしの必死《ひっし》の抵抗《ていこう》。

その言葉《ことば》も、ぎゅっと顔《かお》をおおったバスタオルの中《なか》に消《き》えた。


もちろんその日《ひ》の夜《よる》は、眠《ねむ》れるはずもなく。

あれこれ考《かんが》えてるうちに、いつのまにか朝《あさ》になっていた。


学校中《がっこうじゅう》のあこがれの的《まと》で。

どの部活《ぶかつ》でも助《すけ》っ人《と》が出来《でき》ちゃうくらいなんでもできて。

みんなには人懐《ひとなつ》っこい顔《かお》で笑《わら》うくせに。

『お前見《まえみ》てると、いじめたくなる』

わたしの前《まえ》では意地悪《いじわる》に笑《わら》う。

ずるくて優《やさ》しい要《かなめ》のことが、わたしは……。

「うぅーん」

眠《ねむ》たい目《め》をこすりながら、伸《の》びをする。

部屋《へや》を出《で》ると、ちょうど要《なため》と鉢合《はちあ》わた。

「おはよ」

「……おっ、おはよ、う」

眠《ねむ》そうに大《おお》きなあくびをしながら、わたしの前《まえ》を通《とお》り過《す》ぎた要《かなめ》。

要《かなめ》のふわふわの髪《かみ》の毛《け》が、寝《ね》ぐせであちこちに跳《は》ねている。

T《ティー》シャツにスウェットというラフな格好《かっこう》の要《かなめ》が、階段途中《かいだんとちゅう》でわたしを振《ふ》り返《かえ》った。

「……朝飯《あさめし》、食《く》う？」

寝起《ねお》きの少《すこ》しかすれた声《こえ》に、ドギマギしちゃう。

「え、いいの？」

わたしが言《い》うと、要《かなめ》はうなずいて階段《かいだん》を下《お》りていった。

眠《ねむ》そう……要《かなめ》も寝《ね》てないとか？

「…………」

だけど、びっくりするくらい普通《ふつう》だったな。

郵便はがき

お手数ですが
切手をおはり
ください。

104-0031

東京都中央区京橋1-3-1
八重洲口大栄ビル7階
スターツ出版（株）書籍編集部
愛読者アンケート係

（ふりがな）
お名前

電話　（　　）

ご住所（〒　　-　　）

学年（　　年）　**年齢**（　　歳）　**性別**（　　）

この本（はがきの入っていた本）のタイトルを教えてください。

今後、新しい本などのご案内やアンケートのお願いをお送りしてもいいですか？
1. はい　2. いいえ

いただいたご意見やイラストを、本の帯または新聞・雑誌・インターネットなどの広告で紹介してもいいですか？
1. はい　2. ペンネーム（　　）ならOK　3. いいえ

お客様の情報を統計調査データとして使用するために利用させていただきます。また頂いた個人情報に弊社からのお知らせをお送りさせて頂く場合があります。
個人情報保護管理責任者：スターツ出版株式会社　出版マーケティンググループ　部長　連絡先：TEL 03-6202-0311

「野いちごジュニア文庫」愛読者カード

「野いちごジュニア文庫」の本をお買い上げいただき、ありがとうございました！
今後の作品づくりの参考にさせていただきますので、下の質問にお答えください。
（当てはまるものがあれば、いくつでも選んでOKです）

♥この本を知ったきっかけはなんですか？
1. 書店で見て　2. 人におすすめされて（友だち・親・その他）　3. ホームページ
4. 図書館で見て　5. LINE　6. Twitter　7. YouTube
8. その他（　　　　　　　　　　　　　　　　　　　）

♥この本を選んだ理由を教えてください。
1. 表紙が気に入って　2. タイトルが気に入って　3. あらすじがおもしろそうだった
4. 好きな作家だから　5. 人におすすめされて　6. 特典が欲しかったから
7. その他（　　　　　　　　　　　　　　　　　　　）

♥スマホを持っていますか？　1. はい　2. いいえ

♥本やまんがは1日のなかでいつ読みますか？
1. 朝読の時間　2. 学校の休み時間　3. 放課後や通学時間
4. 夜寝る前　5. 休日

♥最近おもしろかった本、まんが、テレビ番組、映画、ゲームを教えてください。

♥本についていたらうれしい特典があれば、教えてください。

♥最近、自分のまわりの友だちのなかで流行っているものを教えてね。
服のブランド、文房具など、なんでもOK！

♥学校生活の中で、興味関心のあること、悩み事があれば教えてください。

♥選んだ本の感想を教えてね。イラストもOKです！

ご協力、ありがとうございました！

昨日《きのう》もキスしたのに。まるでなかったことにされてる？

怒《おこ》ったらいいのか、理由《りゆう》を問《と》いただしたらいいのか。

もうそれすらわかんなくなっちゃった。


「目玉焼《めだまや》きの半熟加減《はんじゅくかげん》、絶妙《ぜつみょう》!!　最高《さいこう》っ!!」

トーストにのせた卵《たまご》とベーコン。それを頬張《ほおば》りながら驚《おどろ》きの声《こえ》を上《あ》げるわたしに、要《かなめ》は大《おお》きなマグカップから視線《しせん》だけをこちらに向《む》けた。

「要《かなめ》っ、おいしいっ」

最高《さいこう》とおいしいをくり返《かえ》すわたしに、要《かなめ》はあきれたように笑《わら》う。

「ただ卵焼《たまごや》いただけなのに、大《おお》げさ」

くしゃりと笑《わら》った要《かなめ》は「さっさと食《く》えよ、遅刻《ちこく》するぞ」ってわたしより先《さき》に席《せき》を立《た》った。

え……。

「もう行《い》っちゃうの？」

「…………」

……ん？　あ、あれっ!?

まるで引《ひ》き止《と》めるようなことを言《い》った自分《じぶん》に驚《おどろ》いていると、要《かなめ》はふっと軽《かる》く笑《わら》ってその手《て》をわたしの頭《あたま》の上《うえ》にのせた。

「俺《おれ》は、お前《まえ》と違《ちが》って忙《いそが》しいんで」

「わっ」

そのままくしゃくしゃって感《かん》じでなでられる。

おとなしくされるがままになっていると、要《かなめ》はわたしの髪《かみ》をすき、ゆっくりと手《て》を離《はな》した。

「っ……」

なにか言《い》いかけた口《くち》が、そのまま閉《と》じてしまう。

要《かなめ》は食器《しょっき》を片付《かたづ》けてわたしと目《め》を合《あ》わさずに、そのまま家《いえ》を出《で》た。

ひとりになったリビングで思《おも》わず頭《あたま》を抱《かか》えた。

「っ……！　息《いき》っ、息《いき》できないって……」

要《かなめ》に触《ふ》れられていると、苦《くる》しくなる。

苦《くる》しくて、心臓《しんぞう》がドキドキうるさくて。

これがなんなのか、どうしてこんなふうになっちゃうのか、その理由《りゆう》が知《し》りたい。

「未央《みお》、最近《さいきん》どうなの？」

学校《がっこう》へ行《い》くと昼休《ひるやす》みに入《はい》るなり、マナが目《め》をキラキラさせて、わたしのもとへかけ寄《よ》ってきた。

「どうって、なにが？」

購買《こうばい》で買《か》ったパンを口《くち》に運《はこ》びながら聞《き》く。

「なにがって、わかってるくせに」

「？」

「藤森旬《ふじもりしゅん》のこと！」

「え、藤森《ふじもり》くん？」

きょとんと何度《なんど》もまばたきして、マナを見《み》た。

そんなわたしの様子《ようす》を、早苗《さなえ》や結衣《ゆい》はおもしろそうに見《み》ている。

「ん？　んん～？　この感《かん》じは脈《みゃく》なしか……」

「脈《みゃく》なしってなによ……そんなんじゃないって」

眉根《まゆね》を寄《よ》せたわたしのことなんかおかまいなし。

告白《こくはく》された、とは言《い》い出《だ》せなかった。そのことを知《し》ってるのは、この中《なか》で早苗《さなえ》だけ。

それに、要《かなめ》のこともマナたちに内緒《ないしょ》にしてるんだから……。

罪悪感《ざいあくかん》が喉《のど》の奥《おく》で、まるで小《ちい》さな骨《ほね》みたいに引《ひ》っかかる。

マナは苺《いちご》ミルクを飲《の》みながら目《め》を閉《と》じた。

まだなんか言《い》い出《だ》しそうだな。なんとなく身構《みがま》えちゃう。

マナは洞察力《どうさつりょく》がすごいからな……。

藤森《ふじもり》くんのこと、いいなぁって思《おも》ってた時《とき》も、初《はじ》めにバレたのはマナだったし。

「じゃあさー……」

机《つくえ》に飲《の》みほした空《から》のパックを置《お》くと、足《あし》を組《く》んでわたしを見《み》つめるマナ。

「相田要《あいだかなめ》は？」

「……へ？」

油断《ゆだん》してた。要《かなめ》の名前《なまえ》が出《で》て、思《おも》わず変《へん》な返事《へんじ》をしてしまった。

「あ、あいだって……？」

そう言《い》った声《こえ》は明《あき》らかにうわずってしまう。

さすが、マナ！　……じゃなくて。

「なんで、あ、相田《あいだ》くんなの？」

あくまでわたしは、他人《たにん》のフリ。

動揺《どうよう》しているのを隠《かく》すように、パンをもう一口頬張《ひとくちほおば》った。

「知《し》ってんだからね？　未央《みお》が最近《さいきん》、相田要《あいだかなめ》を目《め》で追《お》ってんのは」

「ぶはっっ」

今度《こんど》こそ、口《くち》に放《ほう》りこんだパンが飛《と》び出《だ》しちゃいそうだった。

危《あぶ》ない、危《あぶ》ない。

「あはは。未央《みお》〜、動揺《どうよう》しすぎ！　わかりやすいなぁ」

「………」

目《め》で追《お》ってる？　わたしが!?

なるべく学校《がっこう》では、要《かなめ》を視界《しかい》に入《い》れないように努力《どりょく》してきたつもり。

なのに、マナにはわかっちゃうの!?

「あっ、そういえば前《まえ》にも教室《きょうしつ》に会《あ》いに来《き》てたもんね」

うんうん、と納得《なっとく》する結衣《ゆい》。

「どうりで最近《さいきん》、未央《みお》がますますかわいくなったと思《おも》ったんだ」

「それで、いつから好《す》きになったの？」

マナと結衣《ゆい》がニコニコと身《み》を乗《の》り出《だ》した。

わたしは持《も》っていたパンをそのままに、呆然《ぼうぜん》とふたりを見《み》る。

「すき……？」

わたしが？　要《かなめ》を……？

でも、要《かなめ》はわたしをからかってるだけで、他《ほか》の子《こ》にもきっとあんなふうに優《やさ》しくするんだ。

そんなのくやしい。だから絶対好《ぜったいす》きにならない。

なりたくない……！

「難《むずか》しく考《かんが》えないで、素直《すなお》になるだけだと思《おも》うけどね～」

すべて知《し》ってる早苗《さなえ》がそう言《い》って、頬杖《ほおづえ》をついてわたしをのぞき込《こ》んだ。

「………」

顔《かお》が一気《いっき》に赤《あか》くなるのを感《かん》じる。

わたしはそこから逃《に》げたくて、お昼《ひる》ご飯《はん》をカバンに突《つ》っ込《こ》みながら立《た》ち上《あ》がった。

「……トイレ行《い》ってくるね」

教室《きょうしつ》を飛《と》び出《だ》すとき、藤森《ふじもり》くんとすれ違《ちが》った。

わたしはそのまま廊下《ろうか》を進《すす》み、階段《かいだん》を勢《いきお》いよくかけおりる。

恋《こい》ってなに？

どうしてこんなに苦《くる》しいんだろう。


はあ……。あんなふうに、不自然《ふしぜん》に逃《に》げ出《だ》して。認《みと》めてるようなものじゃん。

トボトボと歩《ある》いて、中庭《なかにわ》までやってきた。

昼時《ひるどき》だけあって、ご飯《はん》を食《た》べながら楽《たの》しそうに話《はな》す生徒《せいと》がたくさんいる。

ここは、ベンチがたくさん設置《せっち》されていて、いつもきれいに剪定《せんてい》されている芝生《しばふ》や草木《くさき》の中《なか》に、小《ちい》さな噴水《ふんすい》なんかもある。

フランスの田舎《いなか》の庭《にわ》をイメージして作《つく》られたらしい。

中庭《なかにわ》をさらに進《すす》んでいくと、人《ひと》の姿《すがた》はなくなった。

わたしは腰《こし》をかがめて、木《き》の間《あいだ》を進《すす》む。

周《まわ》りは背《せ》の高《たか》さまである庭木《にわき》におおわれているけど、その場所《ばしょ》だけは、太陽《たいよう》の光《ひかり》がぽっかりと差《さ》し込《こ》んでいるんだ。

この場所《ばしょ》で、手足《てあし》を投《な》げ出《だ》して空《そら》を見上《みあ》げていると、どんよりとくもっていた気分《きぶん》が少《すこ》しだけ軽《かる》くなるみたい。

わたしのお気《き》に入《い》りの、秘密《ひみつ》の場所《ばしょ》。

今日《きょう》もお世話《せわ》になります。なんて思《おも》いながら、その場所《ばしょ》に顔《かお》を出《だ》す。

「……ん？」

あれ？　おかしいな。今日《きょう》は先客《せんきゃく》がいるみたい。

陽《ひ》だまりの中《なか》で

今《いま》まで、ここで他《ほか》の人《ひと》に会《あ》ったことなんてなかった。

そう、ただの一度《いちど》も。

まぁ、そんな頻繁《ひんぱん》に来《き》ているわけじゃないから、もしかしたら他《ほか》にも常連《じょうれん》さんがいたのかもしれないな……。今日《きょう》は、あきらめよう。

そう思《おも》って引《ひ》き返《かえ》そうとした時《とき》、寝転《ねころ》んでいた人《ひと》の顔《かお》が見《み》えた。

「あ！」

思《おも》わず声《こえ》を出《だ》し、あわてて両手《りょうて》で口《くち》をふさぐ。

わたしの、お気《き》に入《い》りの場所《ばしょ》にいた人物《じんぶつ》……。

「……要《かなめ》？」

わたしはまるで金《かな》しばりにあったみたいに、その場《ば》から動《うご》けなくなってしまった。

嘘《うそ》……？　要《かなめ》が、なんでこんなところに？

こっそり要《かなめ》の周《まわ》りを見《み》てみたけど、誰《だれ》かいる気配《けはい》はない。

ひとりなんだ……。

ホッと胸《むね》をなで下《お》ろすと、わたしは、よつんばいのまま、音《おと》を立《た》てないように要《かなめ》に近《ちか》づいた。

「……要《かなめ》、寝《ね》てるの？」

小《ちい》さな声《こえ》で呼《よ》んでみる。

「…………」

返事《へんじ》はない。

陽《ひ》だまりの中《なか》、気持《きも》ちよさそうに眠《ねむ》っている要《かなめ》。

学校《がっこう》で、要《かなめ》とこんなに近《ちか》づいたことはない。

「なんか新鮮《しんせん》……」

無防備《むぼうび》なその寝顔《ねがお》に、ムクムクとイタズラ心《ごころ》がわき上《あ》がる。

わたしはその隣《となり》に腰《こし》を下《お》ろすと、そっと要《かなめ》の顔《かお》をのぞき込《こ》んだ。

家《いえ》で見《み》る要《かなめ》とは、別人《べつじん》みたい。

頭《あたま》の上《うえ》で組《く》んだ腕《うで》を枕《まくら》にして、首《くび》にかかったネクタイは無造作《むぞうさ》にゆるめられている。

両足《りょうあし》を投《な》げ出《だ》して気持《きも》ちよさそうに寝息《ねいき》を立《た》てている要《かなめ》。

「…………」

――きれい。

男《おとこ》の子《こ》なのに、どうしてこんなにきれいな顔《かお》をしてるんだろう。

「天《てん》は二物《にぶつ》を与《あた》えず」って言《い》うけど、神様《かみさま》は要《かなめ》にいくつプレゼントしたのかな。

長《なが》いまつ毛《げ》が頬《ほお》に影《かげ》を落《お》とす。

初夏《しょか》の風《かぜ》が、ふわふわとゆれる要《かなめ》の髪《かみ》を持《も》ち上《あ》げた。

ちょっと前髪長《まえがみなが》いんじゃない？　それじゃ、目《め》にかかっちゃうじゃん。

ほんのりピンク色《いろ》の頬《ほお》に、ぷっくりと熟《う》れた果実《かじつ》のような唇《くちびる》。

わたし、この人《ひと》と……。

あの日《ひ》のキスと、その感触《かんしょく》までもがフラッシュバックしそうで、あわてて首《くび》を振《ふ》ってそれを吹《ふ》き飛《と》ばした。

い、いやいやいや！　今思《いまおも》い出《だ》すことじゃないからっ！

要《かなめ》の足《あし》もとに、学校《がっこう》の売店《ばいてん》で買《か》ったと思《おも》われる茶色《ちゃいろ》い紙袋《かみぶくろ》と、コーヒー牛乳《ぎゅうにゅう》が置《お》いてあった。

ここで、ひとりでお昼《ひる》食《た》べてたのかな。

……意外《いがい》。

いつも、たくさんの人《ひと》に囲《かこ》まれているイメージなのに。

要《かなめ》にも、ひとりになりたい時《とき》があったりするんだろうか。

わたしも同《おな》じように足《あし》を投《な》げ出《だ》して、頭上《ずじょう》に広《ひろ》がる青《あお》い空《そら》を見上《みあ》げた。

風《かぜ》に乗《の》って、雲《くも》がおだやかに流《なが》れてる。

どこからか聞《き》こえる鳥《とり》のさえずりと、一定《いってい》のリズムを刻《きざ》む要《かなめ》の寝息《ねいき》。

昨夜《さくや》の寝不足《ねぶそく》もたたって、急激《きゅうげき》に眠気《ねむけ》が襲《おそ》ってくる。

学校《がっこう》の喧騒《けんそう》と、風《かぜ》が木《こ》の葉《は》をゆらす音《おと》。

踊《おど》るこもれびが、キラキラと降《ふ》り注《そそ》いで、あっという間《ま》に今《いま》を特別《とくべつ》な時間《じかん》へと変《か》えていく。

「ふああ」

わたしの大《おお》きなあくびに、要《かなめ》がうっすらとその目《め》を開《あ》けた。

「……！」

えっ！　起《お》きた⁉

てか、わたしがココにいるのおかしいよね？

あたふたしている心《こころ》とは裏腹《うらはら》に、目《め》を開《あ》けた要《かなめ》から視線《しせん》をそらせない。

「…………」

まぶしそうに、顔《かお》の上《うえ》に腕《うで》をのせて、片方《かたほう》だけほんの少《すこ》し開《ひら》かれた瞳《ひとみ》。

要《かなめ》はその腕《うで》の隙間《すきま》から、わたしの存在《そんざい》に気《き》づいた。

その瞬間《しゅんかん》、一気《いっき》に目《め》が覚《さ》めたみたい……。

そしてわたしの顔《かお》は、ぼぼっと赤《あか》く染《そ》まった。

「……って……は？　な、なんで未央《みお》？」

とにかく驚《おどろ》いている要《かなめ》は、ガバッと上半身《じょうはんしん》だけ起《お》こしてわたしを見《み》た。

「ごっご……ご、ごめんなさい！」

思《おも》わず立《た》ち上《あ》がり、そのまま立《た》ち去《さ》ろうとすると。

それは、すぐに制止《せいし》された。要《かなめ》が、わたしの腕《うで》をつかんでいたから。

「……そんなすぐ逃《に》げることなくない？」

「……に、逃《に》げてなんか」

そこまで言《い》って、グッと口《くち》をつぐんだ。

おずおずと振《ふ》り返《かえ》る。

わたしの腕《うで》をつかんだまま、要《かなめ》はまっすぐにわたしを見上《みあ》げていた。

その瞳《ひとみ》の中《なか》に、吸《す》い込《こ》まれちゃいそうだ。

つかまれた腕《うで》が熱《あつ》い……。

そこからふにゃふにゃと溶《と》けてしまいそうでめまいがする。

そのまま、わたしは崩《くず》れるようにペタンと座《すわ》り込《こ》んだ。

「……で、いつからいたの？」

あぐらをかいて、「はあ」とため息《いき》をついた要《かなめ》は、片手《かたて》で顔《かお》をおおってしまう。

わ、やっぱり怒《おこ》ってる？

要《かなめ》は指《ゆび》の間《あいだ》からわたしを見《み》ると、目《め》が合《あ》ったのに気《き》づいてそのまま顔《かお》を上《あ》げた。

「つ、ついさっき」

要《かなめ》につかまれた腕《うで》がジンジン熱《あつ》い。わたしはぎゅっと手首《てくび》を握《にぎ》りしめた。

「なんで、すぐ起《お》こさないんだよ」

「お！　起《お》こしましたともっ」

って、わたし、なんか言葉《ことば》おかしいし！

でも起《お》こしたよ？　声《こえ》、かけたもん！

顔《かお》、じっくり見《み》たかったわけじゃないもんっ。

信《しん》じてませんって感《かん》じで眉根《まゆね》を寄《よ》せた要《かなめ》は、ジロリとわたしをにらんだ。

「……でも、あんまり気持《きも》ちよさそうに寝《ね》てたから、悪《わる》いかと思《おも》って……」

「だから、黙《だま》って見《み》てたのかよ……はあ」

要《かなめ》はわたしのその言葉《ことば》を聞《き》いて、ますます嫌《いや》そうな顔《かお》をする。

顔《かお》を背《そむ》けちゃった要《かなめ》をのぞき込《こ》むように、おずおずと距離《きょり》を詰《つ》める。

「……、あの要《かなめ》」

「…………」

手《て》で半分以上《はんぶんいじょう》見《み》えなくても、要《かなめ》の顔《かお》が赤《あか》いのは、なんとなくわかった。

……嘘《うそ》。まさか、照《て》れてるの？

「その、ごめんね？」

驚《おどろ》いて目《め》を丸《まる》くしているわたしに気《き》づいて、要《かなめ》はますますその顔《かお》をゆがめた。

「……おい。声《こえ》が笑《わら》ってんぞ」

あきれて、ため息《いき》まじりにそう言《い》った要《かなめ》。

だって……だって、要《かなめ》はいつでも完璧《かんぺき》で、みんなの人気者《にんきもの》で、女《おんな》の子《こ》にモテモテなのに、寝顔《ねがお》見《み》られただけで、そんなに照《て》れちゃうなんて……そんなの……そんなの。

「……ふふっ、あはっ、あははは！」

予想外《よそうがい》の要《かなめ》の反応《はんのう》が、なんだか嬉《うれ》しくて。心《こころ》の中《なか》がジワリと熱《ねつ》をもつ。

あったかくて、ふわふわしてて、くすぐったくて、ちょっぴり切《せつ》ない。

なぜか、今《いま》まで遠《とお》くに感《かん》じていた要《かなめ》が、急《きゅう》に身近《みぢか》な存在《そんざい》に思《おも》えた。

「……お前《まえ》な、」

ケラケラ笑《わら》うわたしに、一瞬《いっしゅん》面《めん》くらったように目《め》をまたたかせた要《かなめ》。

だけどすぐに小《ちい》さくため息《いき》をつくと、両手《りょうて》を芝生《しばふ》に投《な》げ出《だ》して、目《め》を細《ほそ》めた。

「あはっ……」

笑《わら》っていたわたしの唇《くちびる》に、要《かなめ》の人差《ひとさ》し指《ゆび》が伸《の》びてくる。

触《ふ》れるか、触《ふ》れないかの距離《きょり》。ただ、それだけなのに……。

「笑《わら》いすぎ」

「…………」

ドクン、ドクン、ドクン。

あまりにも大《おお》きな心臓《しんぞう》の音《おと》に、自分《じぶん》でも驚《おどろ》いて思《おも》わず涙目《なみだめ》になる。

や、やだ……。要《かなめ》に聞《き》こえちゃう！

唇《くちびる》に指先《ゆびさき》をそえられたまま、じっと要《かなめ》と見《み》つめ合《あ》う。

風《かぜ》がわたしたちの間《あいだ》を吹《ふ》き抜《ぬ》けて、こもれびが交差《こうさ》する。

ふたりの間《あいだ》だけ、時間《じかん》が止《と》まったみたい。

息《いき》もできない。なにも、聞《き》こえない。

どれくらい時間《じかん》がたったんだろう。

きっと一瞬《いっしゅん》だった。

でも、わたしの頭《あたま》の中《なか》を真《ま》っ白《しろ》にするには十分《じゅうぶん》な時間《じかん》。

「…………」

び、びっくりしたぁ。キス、されちゃうかと思《おも》った。

わたしは身動《みうご》きが取《と》れなくて、要《かなめ》から目《め》をそらすこともできなくて、ただ固《かた》まりっぱなし。

わたしから手《て》を離《はな》した要《かなめ》は、両手《りょうて》に体《からだ》を預《あず》けたまま空《そら》を見上《みあ》げている。

なにを考《かんが》えてるの？

あの雨《あめ》の日《ひ》以来《いらい》、要《かなめ》は前《まえ》までのようにはわたしに触《ふ》れてこない。

からかわれっぱなしだったのに、それからはなにも言《い》ってこない。

どうして？

ずっと聞《き》きたかったこと、今思《いまおも》い切《き》って聞《き》いてみようかな。

要《かなめ》を近《ちか》く感《かん》じる今《いま》。

意《い》を決《けっ》して身《み》を乗《の》り出《だ》した、その時《とき》。

「あ、あの……」

「あのさ、」

……え？

それは、ほとんと同時《どうじ》。わたしたちは、お互《たが》い目《め》をしばたたかせて口《くち》をつぐんだ。

「あはは……あ、なに？」

はあ……なんだか気《き》が抜《ぬ》けちゃった。聞《き》かなくてよかったかも。

だいいち、わたしに聞《き》く権利《けんり》はないもん。

「あ、いや俺《おれ》は……未央《みお》こそなんだよ」

なんだか気《き》まずそうに髪《かみ》をクシャリとすいた要《かなめ》は、そう言《い》ってわたしを見《み》た。

「ううんっ、本当《ほんとう》にいいの。たいしたことじゃないし。だから……なに？」

胸《むね》の前《まえ》で両手《りょうて》を広《ひろ》げ、ついでに首《くび》を振《ふ》った。

要《かなめ》が言《い》いかけた、言葉《ことば》の続《つづ》きを待《ま》つ。

「あー……」

なぜか言《い》いにくそうに視線《しせん》をさまよわせる要《かなめ》。

そして、のぞき込《こ》むようにわたしを見《み》た。

少《すこ》し前髪《まえがみ》がかかった瞳《ひとみ》の奥《おく》の、真剣《しんけん》さが伝《つた》わる。

——ドキ。

聞《き》くのが怖《こわ》くなってしまうくらい、まっすぐに見《み》つめられた。

「お前《まえ》さ……」

ゴクリ。思《おも》わず生唾《なまつば》を飲《の》み込《こ》んだ。

「えーと。……一回《いっかい》聞《き》いてみようと思《おも》ってたことあって。未央《みお》が風呂《ふろ》入《はい》ってる時《とき》、たまにきこえる歌《うた》、あれなに？」

「へ？」

「なんて歌《うた》？」

まさかの質問《しつもん》に、間《ま》の抜《ぬ》けた返事《へんじ》をしてしまった。

耳《みみ》まで真《ま》っ赤《か》になる。

「き……き……きき、聞《き》いてたの!?」

ワナワナと声《こえ》が震《ふる》える。

浴室《よくしつ》で歌《うた》うと、エコーがかかってるみたいでうまく聞《き》こえるから、ついつい歌《うた》ってしまう。ただの鼻歌《はなうた》だし、歌《うた》ってる曲《きょく》そのものに意味《いみ》なんてない。

だけどそれって、他《ほか》の人《ひと》に聞《き》かれちゃうとものすごく恥《は》ずかしかったりする。

「聞《き》いてたってか、イヤでも聞《き》こえた」

要《かなめ》は口《くち》の端《はし》をちょっと上《あ》げて、いたずらっぽく笑《わら》う。

ぼぼぼぼぼっと、また顔《かお》が熱《あつ》くなる。

最悪《さいあく》、最悪《さいあく》っ！

恥《は》ずかしくて、穴《あな》があったら、入《はい》りたいくらい！

「い、イヤでもってなによ、イヤでもって！　もうっ、信《しん》じらんないっ！」

わたしは両手《りょうて》で要《かなめ》の体《からだ》をたたいた。

「……てっ！　なんだよ、なにそんな怒《おこ》ってんだよ」

そう言《い》って、わたしの手《て》をうまくよける。

「怒《おこ》ってないっ！　よけないでよ、もうっ」

真剣《しんけん》になってパンチをお見舞《みま》いするわたしに、要《かなめ》はたまらず笑《わら》い声《ごえ》をあげた。

「つはは。俺《おれ》しか聞《き》いてないんだし、別《べつ》にいいだろ」

そう言《い》って、いともかんたんにわたしの手《て》をとらえる。

要《かなめ》が楽《たの》しそうに笑《わら》うもんだから、わたしのその手《て》は、ピタリと止《と》まってしまった。

好《す》きなキモチ

要《かなめ》の笑顔《えがお》——。

こんな間近《まぢか》で見《み》たのは、初《はじ》めてかもしれない。

顔《かお》をくしゃくしゃにして、笑《わら》う要《かなめ》。笑《わら》うと、子供《こども》みたいになるんだ。

「ほんと、未央《みお》見《み》てると全然《ぜんぜん》飽《あ》きねえよ」

意地悪《いじわる》な顔《かお》でそう言《い》って、だけどふとした瞬間《しゅんかん》にすごく優《やさ》しい目《め》をする。

口《くち》の端《はし》を軽《かる》く持《も》ち上《あ》げて、ゆっくりとまばたきをした要《かなめ》がわたしをつかんでいた手《て》を離《はな》した。ぬくもりが消《き》えていく。

あ、離《はな》しちゃった……。

なんて、残念《ざんねん》な気持《きも》ちになってる自分《じぶん》に気《き》づいて、ブワリと頬《ほお》が熱《あつ》くなった。

「顔《かお》、真《ま》っ赤《か》。りんごみてぇ」

要《かなめ》はからかうようにそう言《い》って、「ははっ」って無邪気《むじゃき》に笑《わら》う。

その笑顔《えがお》に、胸《むね》がキュンって弾《はじ》けた。

わわ、なにそれ！

ドキドキと胸《むね》がしめつけられる。

自分《じぶん》の鼓動《こどう》がうるさくて、めまいがした。

顔《かお》だけじゃない、たぶん耳《みみ》も、首筋《くびすじ》も、全部《ぜんぶ》真《ま》っ赤《か》だ。

たとえるならゆでダコ。りんごなんてかわいいもんじゃないよ。

これ以上《いじょう》要《かなめ》に見《み》られたくなくて、両手《りょうて》で髪《かみ》をクシャリと持《も》ち上《あ》げ、そのまま顔《かお》を隠《かく》した。

「誰《だれ》のせいだと思《おも》ってんのよ……」

ふくらんでいく気持《きも》ちが、小《ちい》さな声《こえ》になってこぼれ落《お》ちた。

ムッとくちびるをとがらせたわたし。

要《かなめ》が息《いき》をのむ気配《けはい》がして、顔《かお》を上《あ》げた。

――そして。

ポンって感《かん》じで勢《いきお》いよく頭《あたま》の上《うえ》にのせられた手《て》のひら。

驚《おどろ》いていると、そのまま髪《かみ》をくしゃくしゃにかき混《ま》ぜられた。

「えっ、え、要《かなめ》？」

乱《みだ》れた髪《かみ》の間《あいだ》から、ちらりと見上《みあ》げると、グッと目《め》を細《ほそ》めた要《かなめ》と目《め》が合《あ》う。

その顔《かお》は……、赤《あか》い。

わたしの頭《あたま》の上《うえ》で、少《すこ》し乱暴《らんぼう》に動《うご》いていた手《て》がそのままゆっくり下《お》りてくる。

要《かなめ》の指先《ゆびさき》がわたしの頬《ほお》に触《ふ》れ、輪郭《りんかく》をなぞるようにすべり落《お》ちると、そっと顎《あご》をすくい上《あ》げられた。

「……要《かなめ》？」

「……。そういう顔《かお》は、簡単《かんたん》に見《み》せんな」

へ？　そういう顔《かお》って……。

きょとんとしているわたしのおでこをツンと指《ゆび》で弾《はじ》くと、要《かなめ》はポケットからスマホを取《と》り出《だ》した。

「あ、もう授業始《じゅぎょうはじ》まるぞ？　こんなとこでさぼっててていいの？」

「えっ！　ほんとだ、やばいっ。あ、でも要《かなめ》は？」

気《き》が付《つ》くと、昼休《ひるやす》みはあと少《すこ》し。

「俺《おれ》はいいの」

そう言《い》って、要《かなめ》はいつものようにイタズラっぽく笑《わら》う。

もう教室《きょうしつ》に戻《もど》らなくちゃいけないのに、わたしは動《うご》き出《だ》せなくて。

ただ、要《かなめ》の顔《かお》を見《み》つめていた。

「……未央《みお》？」

わたし……。

わたしは、要《かなめ》が好《す》き。

今《いま》、はっきりわかった。どうしようもないくらい、要《かなめ》に恋《こい》してる。

うだうだ悩《なや》んでも無駄《むだ》なんだ。だって、こんなにキラキラしてるんだもん。

要《かなめ》がまぶしくて、目《め》がくらむ。

色《いろ》あざやかな世界《せかい》が、音《おと》を立《た》てて輝《かがや》きだす。

ドキドキして、嬉《うれ》しくて、いてもたってもいられない。

わたし、要《かなめ》が、す……。

「……あー！　もうっ」

「!?」

大《おお》きなため息《いき》とともに、甘《あま》い香《かお》りに包《つつ》まれた。

気《き》がつくとわたしは、要《かなめ》の腕《うで》の中《なか》にいたんだ。

「……えっ、あ、要《かなめ》？」

この状況《じょうきょう》、なに？

体《からだ》の自由《じゆう》を奪《うば》われ、されるがまま固《かた》まってしまった。

「……はあ。だから、その顔《かお》はダメだって言《い》ったろ」

かすれた声《こえ》が、首筋《くびすじ》に落《お》ちる。

「……え」

「かわいいから、ダメだっていってんの」

ささやくように言《い》って、要《かなめ》はわたしを抱《だ》きしめる腕《うで》に力《ちから》を込《こ》めた。

「………」

……ん？

「え、ええええっ!?」

今《いま》、なんて言《い》ったの？

その言葉《ことば》の意味《いみ》を知《し》りたくて、わたしは要《かなめ》の腕《うで》の中《なか》から顔《かお》を上《あ》げた。

「………」

わたしの視線《しせん》に気《き》づいた要《かなめ》は、強引《ごういん》に自分《じぶん》の胸《むね》にわたしの頭《あたま》を押《お》し付《つ》けた。

「見《み》んなって」
「え？」
大《おお》きなため息《いき》と一緒《いっしょ》に落《お》ちて来《き》た言葉《ことば》が、わたしの耳《みみ》をくすぐった。
ドクン、ドクン、ドクン、ドクン。
心臓《しんぞう》の音《おと》、すごい。
でも、これってわたしの？　それとも……要《かなめ》？
――キーンコーンカーンコーン。
予鈴《よれい》が鳴《な》っている。でも要《かなめ》の腕《うで》の力《ちから》は、変《か》わらない。
要《かなめ》は、ゆっくり体《からだ》を離《はな》した。
そして、わたしの顔《かお》を見《み》つめたまま、頬《ほお》を両手《りょうて》で包《つつ》んで、ふって笑《わら》う。
ドキン。ドキン。
息《いき》がかかりそうな距離《きょり》。その瞳《ひとみ》の中《なか》に、真《ま》っ赤《か》なわたしが、映《うつ》ってる。
要《かなめ》のやわらかな前髪《まえがみ》が風《かぜ》にゆれるたびに、きゅんとして胸《むね》が高鳴《たかな》る。
あー、この瞬間《しゅんかん》が好《す》きって思《おも》う。
片眉《かたまゆ》を上《あ》げて、ちょっとだけ目《め》を細《ほそ》めた要《かなめ》の顔《かお》が、かっこよくて。

ドクンドクンッて、体全部《からだぜんぶ》に血《ち》がめぐる。

そのせいかな？　わたし、すごく熱《あつ》い……。

だんだん近《ちか》づく要《かなめ》の顔《かお》……。

伏《ふ》し目《め》がちな要《かなめ》の視線《しせん》は、なぜかわたしの口《くち》もとを見《み》てる。

顔《かお》を少《すこ》しかたむけ、要《かなめ》の唇《くちびる》がちょっとだけ開《あ》いた。

そこからのぞく白《しろ》い歯《は》が、余計《よけい》に色《いろ》っぽくて……。

わたしは、めまいを起《お》こしそうになる。

目《め》を開《あ》けていられなくなって、ギュッとまぶたを閉《と》じた。

「…………」

あれ？

いつまで待《ま》っても、なにも起《お》こらない。

「ぷっ」

突然《とつぜん》吹《ふ》き出《だ》した要《かなめ》の息《いき》が、唇《くちびる》にかかった。

びっくりして、目《め》を開《あ》ける。

「なんつー顔《かお》」

……はい？

目《め》の前《まえ》には、肩《かた》を震《ふる》わせて、笑《わら》いをこらえる要《かなめ》の姿《すがた》があった。

「つくく。……なんか期待《きたい》してた？」

「……んな、なに言《い》ってるの!?」

わたしは勢《いきお》いよく立《た》ち上《あ》がると、要《かなめ》をにらむ。

楽《たの》しそうにわたしを見上《みあ》げる要《かなめ》には、きっとなにを言《い》ってもかなわない。

「……要《かなめ》のばかっ！　もう知《し》らないっ」

そう叫《さけ》んで、くるっと背《せ》を向《む》けて走《はし》り出《だ》した。

くやしい！　またからかわれた！　もう、前言撤回《ぜんげんてっかい》だあああっ！

誰《だれ》もいなくなった中庭《なかにわ》を走《はし》り抜《ぬ》け、階段《かいだん》も勢《いきお》いよくかけ上《あ》がり、教室《きょうしつ》までの道《みち》を全速《ぜんそく》力《りょく》で走《はし》った。

「はあ、はあ、はあ」

教室《きょうしつ》の扉《とびら》を開《あ》けると、ちょうど今《いま》、授業《じゅぎょう》が始《はじ》まったところだった。

……セーフ。

「なんだ桜井《さくらい》。遅《おそ》いぞ。早《はや》く席《せき》に着《つ》け」

数学担当《すうがくたんとう》の『よこやん』こと、横山先生《よこやませんせい》がわたしをにらんでいる。

うわ。数学《すうがく》だったんだ。

わたしは頭《あたま》を下《さ》げると、そそくさと自分《じぶん》の席《せき》に着《つ》いた。

ななめ前《まえ》の席《せき》の早苗《さなえ》が、振《ふ》り返《かえ》る。

「大丈夫《だいじょうぶ》？」

とたずねながら、続《つづ》いて小《ちい》さな声《こえ》で『さっきはごめん』というように両手《りょうて》を合《あ》わせてきた。

わたしは、笑顔《えがお》で首《くび》を横《よこ》に振《ふ》った。

はあ……。胸《むね》に手《て》を当《あ》てて、「ふぅ」って息《いき》を吐《は》いた。

中庭《なかにわ》での要《かなめ》との会話《かいわ》を思《おも》い出《だ》す。

わたしたちが、ふたり同時《どうじ》に何《なに》かを言《い》いかけた時《とき》、要《かなめ》はわたしの歌《うた》のことを言《い》ってたけど……絶対《ぜったい》はぐらかしたよね。

ほんとは、なにを言《い》おうとしたの？

キミとふたり

「さっきはびっくりしたよぉ。未央《みお》、全然《ぜんぜん》帰《かえ》って来《こ》ないんだもん」

休《やす》み時間《じかん》。早苗《さなえ》はわたしの前《まえ》の席《せき》に座《すわ》ると、そう言《い》った。

「ごめん……それがね……」

わたしは要《かなめ》がいたことを早苗《さなえ》に言《い》おうとしたけど、そこで口《くち》をつぐんだ。

さっきのことは、秘密《ひみつ》にしておこう。

要《かなめ》とわたしの、ふたりだけの秘密《ひみつ》に。

「……未央《みお》、怒《おこ》ってる？」

心配《しんぱい》そうにやって来《き》たのは、マナだった。

「？」

わたしは、マナを見上《みあ》げた。

「わたしが変《へん》なこと言《い》ったから……」

しゅんとうなだれるマナは、わたしの顔色《かおいろ》をうかがいながら、上目《うわめ》づかいで話《はな》す。

そんなマナの姿《すがた》を見《み》ていたら、思《おも》わず笑《え》みがこぼれた。

「怒《おこ》ってなんかないよ。全然《ぜんぜん》気《き》にしてないってばっ」

わたしはそう言《い》うと、マナたちに向《む》かってグーサインをして見《み》せる。

「ほんと？」

「ほんとだよ！　あ、でもやっぱりマナは勘《かん》がするどいね」

わたしはにっこり笑《わら》って、マナを見上《みあ》げた。

「……へ？」

「……てことは……」

早苗《さなえ》とマナが顔《かお》を見合《みあ》わせる。

わたしは、ちょっとだけうつむいて、えへへって両手《りょうて》で頬《ほお》を触《さわ》る。

要《かなめ》を好《す》きだと実感《じっかん》した。

今《いま》まで雲《くも》がかかってた空《そら》が、スーッと晴《は》れわたっていくような、そんな感覚《かんかく》がおとずれる。

「ついに⁉」

「いつから⁉」

ふたりが同時《どうじ》に身《み》を乗《の》り出《だ》す。

「今日《きょう》の帰《かえ》り、いつもの場所《ばしょ》に集合《しゅうごう》！」

「あはっ」

それがおかしくて、思《おも》わず吹《ふ》き出《だ》してしまう。

要《かなめ》に出会《であ》って、たった一《いっ》か月《げつ》。でも誰《だれ》よりも、わたしの中《なか》で大《おお》きな存在《そんざい》になった。

わたしは嬉《うれ》しくて、また笑《わら》う。

人《ひと》を好《す》きになるって、こんなにも苦《くる》しくて、切《せつ》なくて。

あったかい気持《きも》ちになるんだね。

要《かなめ》がいなければ、味《あじ》わえなかった気持《きも》ち。

すごく、すごく愛《いと》しいと思《おも》えた。

学校《がっこう》の帰《かえ》り。

わたしたち四人《よにん》がいるのは、近《ちか》くのファミレス。

全国展開《ぜんこくてんかい》のチェーン店《てん》で、どこにでもあるようなお店《みせ》。店《みせ》の奥《おく》の窓際《まどぎわ》の席《せき》が、わたしたちのいつもの場所《ばしょ》だ。

ジュースを飲《の》みながら、お互《たが》いの恋《こい》の話《はなし》とか、今日《きょう》の出来事《できごと》を報告《ほうこく》したり、時々《ときどき》テスト勉強《べんきょう》で居座《いすわ》ったり。

安《やす》くておいしくて、ついでに雰囲気《ふんいき》もおしゃれだから、学校帰《がっこうがえ》りの学生《がくせい》で、店内《てんない》はいつもにぎやかだった。

マナたちはわたしの大切《たいせつ》な友達《ともだち》だし、居候《いそうろう》させてもらってることまでは話《はな》せなくても、要《かなめ》が好《す》きだってこと、知《し》ってほしかったんだ。

今日自覚《きょうじかく》したこの恋心《こいごころ》を話《はな》すのは、なんだか恥《は》ずかしくて、照《て》れながら話《はな》すわたしを、三人《さんにん》はニコニコしながら見守《みまも》ってくれた。

今《いま》までは、恋《こい》バナを聞《き》く側《がわ》だったけど、これからはわたしも話《はな》せるんだなって、なんだかふわふわする。

いつものファミレスだけど、いつもとはどこか違《ちが》う。

そんなふうに日常《にちじょう》が特別《とくべつ》に変《か》わることが、恋《こい》をするってことなのかな。
窓際《まどぎわ》の席《せき》から通《とお》りを見渡《みわた》すと、傘《かさ》を持《も》った人々《ひとびと》が足早《あしばや》に過《す》ぎ去《さ》っていく。
季節《きせつ》はもうすぐ梅雨《つゆ》に入《はい》ろうとしていた。

「……ただいま」
わたしは誰《だれ》もいない家《いえ》に入《はい》る。
慣《な》れたとはいえ、やっぱり誰《だれ》もいない他人《たにん》の家《いえ》に上《あ》がるのは緊張《きんちょう》してしまう。
部屋《へや》に入《い》り、カバンを置《お》くと、そのままわたしはベッドに倒《たお》れこんだ。
時計《とけい》を見《み》る。六時《ろくじ》か……。
要《かなめ》、遅《おそ》くなるって言《い》ってたっけ。また部活《ぶかつ》の助《すけ》っ人《と》かな？
わたし、要《かなめ》のこと、なにも知《し》らないんだな。
誕生日《たんじょうび》も、好《す》きな音楽《おんがく》も、好《す》きな映画《えいが》も。なにも知《し》らない。
一緒《いっしょ》に住《す》んでから一《いっ》か月《げつ》が経《た》つ。唯一《ゆいいつ》わかってきたのは、食《た》べ物《もの》の好《この》みかな。
要《かなめ》は、お肉《にく》の脂身《あぶらみ》がキライ。好《す》きなものはツナ缶《かん》だったりする。
ふふ。

あの顔《かお》で、ご飯《はん》とツナがあればいいなんて、想像《そうぞう》できない。

わたしは、春《はる》とか、苺《いちご》とか……犬《いぬ》と猫《ねこ》なら犬《いぬ》だとか。

キラキラ光《ひか》るものとか。かわいい雑貨《ざっか》とか。いろいろあるけど……。

要《かなめ》の好《す》きなものって、なんだろうな……。

そんなことを考《かんが》えながら、わたしの意識《いしき》はだんだん遠《とお》のいていった。


「ん……」

目《め》を開《あ》けると、いつの間《ま》にか部屋《へや》が暗《くら》くなっていた。

寝《ね》ちゃったんだ……。

「うーん……」

ゆっくりと、仰向《あおむ》けになって天井《てんじょう》を見上《みあ》げる。

その時《とき》――。

「……未央《みお》」

誰《だれ》もいないと思《おも》っていた部屋《へや》で、急《きゅう》に声《こえ》がした。

「!?」

あわてて体《からだ》を起《お》こすと、誰《だれ》かがわたしの横《よこ》に座《すわ》っていることに気《き》づく。

暗闇《くらやみ》に目《め》が慣《な》れはじめて、その人物《じんぶつ》の輪郭《りんかく》がようやくわかるようになると……。

「……要《かなめ》？」

「うん、俺《おれ》」

口《くち》の端《はし》を片方《かたほう》だけ上《あ》げて、要《かなめ》がいつもの笑《え》みを浮《う》かべたのがわかった。

うっ、嘘《うそ》!?　な、なんで要《かなめ》が……。って、あれ？

ここは要《かなめ》の家《いえ》だし、いてもまったくおかしくはないんだけど。

要《かなめ》は放心状態《ほうしんじょうたい》のわたしに向《む》き合《あ》うと、ちょっとだけその距離《きょり》を詰《つ》めた。

すぐ隣《となり》に要《かなめ》がいる。ひとつのベッドの上《うえ》で。

ドキン、ドキン。

――変《へん》な雰囲気《ふんいき》。

「……あ、お、起《お》こしてくれればよかったのに」

って、このセリフ。前《まえ》に要《かなめ》の口《くち》から聞《き》いたかも。

寝《ね》ているところを見《み》られてたかと思《おも》うと、恥《は》ずかしくてたまらない。

「起《お》こしちゃもったいないと思《おも》って」

へ？

「よだれ」

要《かなめ》は自分《じぶん》の口《くち》もとを指《ゆび》さした。

「なんか楽《たの》しそうに寝《ね》てたし、とりあえず起《お》きるの待《ま》ってた。優《やさ》しいだろ？」

「な……なな……」

わたしはあわてて口《くち》をぬぐった。

変《へん》なところで優《やさ》しさを使《つか》わないでほしいんですけどぉ!?

よだれ……よりによってよだれ……！

自分《じぶん》がみじめになって、わたしは、しゅんとうなだれた。

——暗《くら》い部屋《へや》の中《なか》。

わたしたちはベッドに座《すわ》っている。

シチュエーションだけ聞《き》くと、なんだか悪《わる》い事《こと》してるみたい。

ごしごしって口《くち》もとをぬぐっているわたしを、おかしそうに眺《なが》める要《かなめ》。

……甘《あま》い雰囲気《ふんいき》になんて、到底《とうてい》なりそうにない。

いや、これはわたしがいけないんだ。

わたしにもっと女《おんな》の子《こ》としての魅力《みりょく》があったら、きっと、この状況《じょうきょう》で健全《けんぜん》な男子《だんし》が黙《だま》っていられるはずはない。

「未央《みお》？」

勝手《かって》に落《お》ち込《こ》んでいるわたしに気《き》づいて、要《かなめ》は身《み》を寄《よ》せてわたしの顔《かお》をのぞき込《こ》む。

――ドキン！

うぅ。また胸《むね》が、ギュッとしめつけられる。

もう、痛《いた》くて死《し》んじゃいそうだよ。

この暗闇《くらやみ》にも完全《かんぜん》に目《め》が慣《な》れて、要《かなめ》の顔《かお》がしっかりとわかるようになった。

ふたりの距離《きょり》は二十《にじっ》センチもない。

シーツの上《うえ》に置《お》かれた要《かなめ》の手《て》とわたしの手《て》の距離《きょり》は、たった数《すう》ミリ。

ドキン。ドキン。

胸《むね》がドキドキして、緊張《きんちょう》するけど、嬉《うれ》しい。

「………」

触《ふ》れそうで触《ふ》れない、あと少《すこ》しの距離《きょり》がもどかしい。

要《かなめ》と手《て》をつないだら、どんな感《かん》じなんだろう。

要《かなめ》と両想《りょうおも》いになったら……どんな感《かん》じなのかな。

あわわ！　今《いま》じゃないっ！　しっかりして、わたし！

要《かなめ》の顔《かお》をぼんやりと見《み》つめたまま、妄想《もうそう》の世界《せかい》にトリップしそうで、あわてて首《くび》を振《ふ》った。

気《き》を取《と》り直《なお》して顔《かお》を上《あ》げると、要《かなめ》はうつむいていて。

その視線《しせん》の先《さき》は……わたしの手《て》？

月《つき》の光《ひかり》だけで照《て》らされた薄暗《うすぐら》い部屋《へや》。

ひとつのベッドに向《む》き合《あ》うように座《すわ》って、お互《たが》いの手《て》が、今《いま》にも触《ふ》れそうな距離《きょり》にある。

わたしは自分《じぶん》の手《て》をそっと隠《かく》すと、ベッドから飛《と》び降《お》りた。

「今何時《いまなんじ》かな？　真《ま》っ暗《くら》だね……っ！」

部屋《へや》の電気《でんき》をつけようと立《た》ち上《あ》がったわたしの手《て》を、要《かなめ》の手《て》がつかんだ。

「……要《かなめ》？」

「………」

暗《くら》くて、よく表情《ひょうじょう》がわからない。

要《かなめ》の顔《かお》をのぞき込《こ》もうと、身《み》をかがめた瞬間《しゅんかん》――。

――カチ！

「!?」

「なにしてんだ？　お前《まえ》たち」

突然《とつぜん》、わたしたちは光《ひかり》に包《つつ》まれた。

見《み》つめあったまま固《かた》まっていたわたしたちは、ドアの方《ほう》へ同時《どうじ》に視線《しせん》を送《おく》った。

「……父《とう》さん」

ドアから怪訝《けげん》そうな顔《かお》でこちらをのぞいていたのは、なんと要《かなめ》のお父《とう》さんだった。

「……お前《まえ》ってヤツは……父《とう》さん、未央《みお》ちゃんにどうやって謝《あやま》ったらいいんだ」

三《さん》か月《げつ》の予定《よてい》だった出張《しゅっちょう》が、急《きゅう》きょ早《はや》く終《お》わったおじさんは、おばさんと一緒《いっしょ》に帰《かえ》ってきた。

わたしたちを驚《おどろ》かせようと、内緒《ないしょ》で帰《かえ》ってきたらしいんだけど……。

ほんと、ナイスタイミング。

わたしたちは、リビングに移動《いどう》してソファに向《む》かい合《あ》って座《すわ》っている。

ダルそうに、ソファの背《せ》もたれに身《み》を投《な》げ出《だ》す要《かなめ》の隣《となり》で、わたしはまるで借《か》りてきた猫《ねこ》のように体《からだ》を縮《ちぢ》めた。

「あ……おじさん、わたしたち、別《べつ》になにも」

「要《かなめ》！　未央《みお》ちゃんに謝《あやま》りなさい！」

ダメだこりゃ。聞《き》いてないな……。

わたしは「はぁ」と、ため息《いき》をもらした。

夏《なつ》の午後《ごご》、図書室《としょしつ》で

要《かなめ》の両親《りょうしん》が出張《しゅっちょう》から帰《かえ》ってきてからというもの、わたしたちを監視《かんし》する目《め》がいっそう光《ひか》ってる。

ますます、要《かなめ》とふたりで話《はな》す機会《きかい》が減《へ》った。

あの夜《よる》——。

もし、おじさんがタイミングよく部屋《へや》に入《はい》ってこなければ。

わたしたちは、なにか変《か》わっていたのかな？

——キーンコーンカーンコーン。

「あ～、やーっと終《お》わったあ～」

「この後《あと》、カラオケ行《い》かね？」

ホームルームを終《お》えるチャイムと共《とも》に、クラス中《じゅう》がざわめきだす。

あれから、あっという間《ま》に時《とき》は過《す》ぎ、明日《あした》から夏休《なつやす》み。

「未央《みお》っ、どこ行《い》く？」

早苗《さなえ》が、笑顔《えがお》でわたしに話《はな》しかけてきた。

「あ、待《ま》って。この資料《しりょう》、図書室《としょしつ》に返《かえ》しに行《い》かなきゃ」

「おっけ。じゃあ、先《さき》に行《い》って、下駄箱《げたばこ》のところで待《ま》ってるね」

「うん、ありがとう！」

早苗《さなえ》と約束《やくそく》をすると、わたしはカバンと資料《しりょう》を持《も》って教室《きょうしつ》を出《で》た。

放課後《ほうかご》の図書室《としょしつ》は静《しず》まり返《かえ》っていた。

独特《どくとく》の、印刷物《いんさつぶつ》の匂《にお》い。

明日《あした》から夏休《なつやす》みということもあり、図書室《としょしつ》に寄《よ》っていく生徒《せいと》は誰《だれ》もいない。

耳《みみ》に届《とど》くのは、セミの鳴《な》き声《ごえ》とグラウンドから聞《き》こえる楽《たの》しげな声《こえ》だけだ。

——夏《なつ》の午後《ごご》。

気温《きおん》が高《たか》いこの時間帯《じかんたい》でも、この空間《くうかん》は、少《すこ》しだけひんやりとしているようだった。

さっさと返《かえ》さなくちゃ。早苗《さなえ》が待《ま》ってるんだし。

窓《まど》の光《ひかり》が届《とど》かない本棚《ほんだな》に向《む》かう。

と、そこで初《はじ》めて他《ほか》に人《ひと》がいることに気《き》が付《つ》いた。

「……藤森《ふじもり》くん？」

図書室《としょしつ》の一番奥《いちばんおく》。

歴史書《れきししょ》がたくさん並《なら》ぶ本棚《ほんだな》の前《まえ》でしゃがんでいた藤森《ふじもり》くんが、わたしの声《こえ》に弾《はじ》かれたように顔《かお》を上《あ》げた。

「！　……なんだ、桜井《さくらい》か。急《きゅう》に話《はな》しかけるなって」

びっくりしたってそう言《い》って、藤森《ふじもり》くんは「はあ」って胸《むね》をなでおろした。

「ごめん。わたしも人《ひと》がいるなんて思《おも》わなくて」

ちょうど藤森《ふじもり》くんがいる場所《ばしょ》。そこがわたしの目的地《もくてきち》なんだけど……。

立《た》ち上《あ》がった藤森《ふじもり》くんは、わたしが抱《かか》えている本《ほん》に視線《しせん》を落《お》として「あ」と目《め》を開《あ》けた。

「桜井《さくらい》が持《も》ってたのか。それ探《さが》してたんだ」

「え、そうだったの？」

「うん、もう返《かえ》す？　なら、俺《おれ》が次借《つぎか》りていいか？」

もちろん、そう言《い》ってわたしは大《おお》きな資料《しりょう》を手渡《てわた》した。

「あ～、よかった。これで夏休《なつやす》みわざわざ来《こ》なくてすむ」

そう言《い》いながら、藤森《ふじもり》くんは受付《うけつけ》に向《む》かう。

今《いま》は先生《せんせい》も係《かかり》の人《ひと》もいないから、職員室《しょくいんしつ》に行《い》って先生《せんせい》に印《いん》をもらいに行《い》かなくちゃならない。めずらしくアナログなやり方《かた》だけど、それも今年《ことし》でデジタル化《か》するって話《はなし》を聞《き》いた。

他《ほか》の資料《しりょう》も本棚《ほんだな》に戻《もど》していると、受付用紙《うけつけようし》に名前《なまえ》を書《か》いていた藤森《ふじもり》くんが声《こえ》をかけてきた。

「——桜井《さくらい》さぁ、相田《あいだ》と付《つ》き合《あ》うことになった?」

え? 要《かなめ》!?

最後《さいご》の一冊《いっさつ》を思《おも》わず落《お》っことしそうになったけど、それでもなんとか本棚《ほんだな》に戻《もど》し終《お》えた。

えーと、藤森《ふじもり》くんに、要《かなめ》の話《はなし》したことあったっけ?

春先《はるさき》に、藤森《ふじもり》くんに告白《こくはく》されたことを思《おも》い出《だ》す。あの時《とき》、まだわたしは自分《じぶん》の気持《きも》ちを自覚《じかく》してなかったけど、要《かなめ》のことで頭《あたま》がいっぱいだったのは確《たし》か。

わたしが驚《おどろ》いていることに気《き》づいた藤森《ふじもり》くんが、首《くび》をかしげた。

「あれ、相田《あいだ》じゃなかったのか? 桜井《さくらい》の好《す》きな人《ひと》」

「…………いや、あの」

そう! そうなんだけど……。

なんて答《こた》えていいのかわからずに、わたしはそのままうつむいた。

「つ、付《つ》き合《あ》ってない……です」

それだけ口《くち》にするけれど、最後《さいご》の方《ほう》は吐《は》き出《だ》す息《いき》と一緒《いっしょ》に消《き》えていく。

その時《とき》だった。

——ゴトッ。

もう誰《だれ》もいないと思《おも》っていたはずの室内《しつない》で、何《なに》かがぶつかる音《おと》が聞《き》こえた。

「……ってぇ」

この声《こえ》は——まさか。心臓《しんぞう》がドクンと激《はげ》しく波打《なみう》った。

振《ふ》り返《かえ》ったわたしの瞳《ひとみ》に映《うつ》った人《ひと》。

それは、要《かなめ》だった。

「……な、なん……」

わたしは言葉《ことば》にならない声《こえ》を出《だ》し、まるで金魚《きんぎょ》のように口《くち》をパクパクさせた。

どうしよう……!

わたしの気持《きも》ち、バレちゃったかな……。

いちばん不《ふ》つり合《あ》いに思《おも》える図書室《としょしつ》に、どうして要《かなめ》がいるの?

要《かなめ》はその表情《ひょうじょう》をゆがめて、頭《あたま》をさすりながら、本棚《ほんだな》のかげから姿《すがた》を現《あらわ》した。

そして、わたしと藤森《ふじもり》くんにちらっと視線《しせん》を向《む》ける。

「あー……俺《おれ》、なにも聞《き》いてないから」

要《かなめ》はそのままわたしたちの横《よこ》をすり抜《ぬ》けようとしたけど、それを藤森《ふじもり》くんが引《ひ》き止《と》めた。

「相田《あいだ》じゃん。なんだよ、まさかここで寝《ね》てたのか？」

藤森《ふじもり》くんは気軽《きがる》な感《かん》じで要《かなめ》に声《こえ》をかける。あれ、ふたりは知《し》り合《あ》い？

「……うん。まあ」

要《かなめ》はあいまいな返事《へんじ》をして、気《け》だるげにえり足《あし》をすいた。そのままポケットに手《て》を突《つ》っ込《こ》んで藤森《ふじもり》くんを見《み》る。

「夏休《なつやす》みの参加《さんか》、なしでいいよな？」

「あー……。ちょい待《ま》ち。今確認《いまかくにん》する」

想像以上《そうぞういじょう》に親《した》しげに話《はな》すふたりを交互《こうご》に見《み》て、ハッとする。

そういえば、要《かなめ》っていろんな部活《ぶかつ》に顔《かお》を出《だ》すって言《い》ってたっけ。

だから、陸上部《りくじょうぶ》の藤森《ふじもり》くんとも知《し》り合《あ》いなんだ。そう結論付《けつろんづ》けて、ひとり納得《なっとく》した。

「えーと、うん。大丈夫《だいじょうぶ》らしい。また大会近《たいかいちか》くなったら頼《たの》むって」

「うん。わかった」

そう言《い》うと、要《かなめ》は図書室《としょしつ》を出《で》ていこうとする。わたしと目《め》を合《あ》わせることもなく。

あれ……なんか怒《おこ》ってる？

胸《むね》がズキンって痛《いた》い。

「あ！　相田《あいだ》、もういっこ聞《き》きたい」

「………」

要《かなめ》は図書室《としょしつ》の扉《とびら》に手《て》をかけたまま、立《た》ち止《ど》まる。

それからゆっくりと振《ふ》り返《かえ》って、藤森《ふじもり》くんと向《む》き合《あ》った。

「……なに？」

不機嫌《ふきげん》っ！

それをまったく隠《かく》すこともなく、要《かなめ》は扉《とびら》に背中《せなか》を預《あず》けた。

わたしの少《すこ》し前《まえ》に立《た》っている藤森《ふじもり》くんは、そんなこと気《き》にしてる様子《ようす》はないけど。

「付《つ》き合《あ》ってるだろ？　桜井《さくらい》と」

「へ？」

油断《ゆだん》してた。

ふたりのやり取《と》りを傍観《ぼうかん》していて、わたしの話《はなし》になると思《おも》ってなかった！

「ふ、藤森《ふじもり》くん!?」

思《おも》わず彼《かれ》のシャツを引《ひ》っ張《ぱ》る。なに本人《ほんにん》に言《い》ってるの!?

要《かなめ》は、わたしのことなんて眼中《がんちゅう》にないよ！　だけど、それはまだ知《し》りたくないっ。

藤森《ふじもり》くんはあせっているわたしを見下《みお》ろすと、「実《じつ》はさ」って言葉《ことば》を続《つづ》けた。

「相田《あいだ》の家《いえ》に出入《でい》りする桜井《さくらい》を見《み》たってヤツがいるらしい。ちょっとしたウワサになってるぞ？　……まさか、キミたち同棲《どうせい》でもしてる？」

「……え」

――バサッ。

わたしはそこまで聞《き》くと、手《て》に持《も》っていたカバンを思《おも》わず落《お》としてしまった。

どうしよう。どうしよう。

顔《かお》から、みるみる血《ち》の気《け》が引《ひ》いていくのがわかる。要《かなめ》も動揺《どうよう》しているわたしを見《み》た。

「そ、それは……」

「付《つ》き合《あ》ってない。一緒《いっしょ》に住《す》んでるけど」

へっ？　か、要《かなめ》⁉

なんで？　秘密《ひみつ》なはずでしょ？

わたしは信《しん》じられない気持《きも》ちで、要《かなめ》の顔《かお》を見《み》た。

扉《とびら》に背中《せなか》を預《あず》けたままの要《かなめ》は、きょとんとしているわたしと、目《め》を合《あ》わせる。

今《いま》この中《なか》で、状況《じょうきょう》にいちばんついていけてないのは、わたしだろう。

「こいつの親《おや》、海外出張《かいがいしゅっちょう》で今《いま》いなくてさ、その間《あいだ》俺《おれ》んちであずかってんだよ。親父同士《おやじどうし》、友達《ともだち》なんだって」

「え、海外《かいがい》？」

藤森《ふじもり》くんは『そうなの？』という目《め》でわたしの顔《かお》を見《み》た。

その視線《しせん》に気《き》づいて、コクリと首《くび》を縦《たて》に振《ふ》る。

「――そ。だから俺《おれ》の親《おや》も一緒《いっしょ》だし、藤森《ふじもり》が想像《そうぞう》してることとなんてないと思《おも》うけど？」

藤森《ふじもり》くんが、なんとも複雑《ふくざつ》な表情《ひょうじょう》をしている。

「つーわけだから。俺《おれ》、行《い》っていい？」

要《かなめ》は親指《おやゆび》を立《た》て、自分《じぶん》の後《うし》ろにある扉《とびら》をさした。

「あ、ああ。引《ひ》き止《と》めてごめん。またな」

藤森《ふじもり》くんの言葉《ことば》を聞《き》いて、要《かなめ》は出入《でい》り口《ぐち》へと向《む》きを変《か》えた。

その一瞬《いっしゅん》……。

ほんの一瞬《いっしゅん》だけど、要《かなめ》の瞳《ひとみ》がわたしをとらえたような気《き》がした。

遠《とお》くなる足音《あしおと》をただ呆然《ぼうぜん》と聞《き》く。

要《かなめ》……藤森《ふじもり》くんに居候《いそうろう》のこと言《い》っちゃった。

あんなに簡単《かんたん》にしゃべっちゃうなんて。

と、その時《とき》藤森《ふじもり》くんが大《おお》きなため息《いき》をついてわたしをのぞき込《こ》んだ。

「桜井《さくらい》、ごめん。俺《おれ》、勝手《かって》なこと言《い》った。プライベートなことに首突《くびつ》っ込《こ》むみたいになってごめん」

藤森《ふじもり》くんは気《き》まずそうに、頭《あたま》をかいた。

「ううん。でも、わたしが居候《いそうろう》してるって話《はなし》は早苗《さなえ》しか知《し》らないから……内緒《ないしょ》にしてほしいかも」

「それはもちろん。誰《だれ》にも言《い》わない。けどなー……」

藤森《ふじもり》くんはますます頭《あたま》を抱《かか》えてしまう。

「あれは大変《たいへん》だぞ、桜井《さくらい》」

え？

きょとんと目《め》をまたたかせるわたしに、藤森《ふじもり》くんは申《もう》し訳《わけ》なさそうに眉根《まゆね》を寄《よ》せた。

「俺《おれ》さ、途中《とちゅう》で相田《あいだ》がここにいるの気《き》づいたんだ。だからちょっと後押《あとお》ししてやろうと思《おも》ったんだけど……」

「あとおし？」

「アイツめちゃくちゃ怒《おこ》ってたな……。あんな相田《あいだ》初《はじ》めて見《み》た」

「あはは、は……はあ」

笑顔《えがお》がはがれ落《お》ちて、かわりに大《おお》きなため息《いき》がこぼれた。

図書室《としょしつ》を出《で》ていくその一瞬《いっしゅん》、あの時《とき》の要《かなめ》の表情《ひょうじょう》が忘《わす》れられない。

なんなんだ、要《かなめ》のやつ！

『付《つ》き合《あ》ってない』

即答《そくとう》してた。

ううっ……なんでよ！　じゃあなんでキスしてきたのよぉ！

「あんなに桜井《さくらい》を目《め》で追《お》うなら、ちゃんと捕《つか》まえとけって。腹立《はらた》つな……」

「……？」

今《いま》、なんて？

受付用紙《うけつけようし》に記録《きろく》を終《お》えた藤森《ふじもり》くんが、なにかひとりごちた。

思《おも》わず首《くび》をひねってしまう。

それはわたしには届《とど》かなかったけど、藤森《ふじもり》くんはバッと振《ふ》り返《かえ》って用紙《ようし》を持《も》った手《て》でわたしを指《ゆび》さした。

「これだけは言《い》っておく。相田《あいだ》も桜井《さくらい》も学校《がっこう》では他人《たにん》のフリしてたのかもしれないけど、全《ぜん》っ然《ぜん》出来《でき》てない。むしろバレバレ」

藤森《ふじもり》くんはそう言《い》って、その手《て》でおでこをこづいた。

「い、いた……」

ちょっと待《ま》って、話《はなし》が見《み》えない。

ポカンとしているわたしに、藤森《ふじもり》くんは目《め》を細《ほそ》めて優《やさ》しい笑《え》みをこぼす。

「ちゃんと確《たし》かめてみな。逃《に》げてないでさ」

「……藤森《ふじもり》くん」

「俺《おれ》、フラれてるけど。桜井《さくらい》にはやっぱり笑《わら》っててほしいんだわ」

藤森《ふじもり》くんはそう言《い》って、わたしの頭《あたま》を少《すこ》し乱暴《らんぼう》になでた。

苺《いちご》キャンディの約束《やくそく》

藤森《ふじもり》くんと別《わか》れてすぐ、スマホに通知《つうち》が来《き》た。

確認《かくにん》すると、早苗《さなえ》からのメッセージで。

《バスケ部《ぶ》から招集《しょうしゅう》があって、一緒《いっしょ》に帰《かえ》れなくなっちゃった。ごめんね》っていう内容《ないよう》だった。

その足《あし》で、要《かなめ》の教室《きょうしつ》まで行《い》ってみる。だけどそこは、からっぽだった。

「はあ……」

藤森《ふじもり》くんはああ言《い》ってくれたけど……やっぱり怖《こわ》いな。

要《かなめ》はわたしのことなんて、どうでもよくて。

わたしが誰《だれ》を好《す》きでも、きっと関係《かんけい》なくて……。

要《かなめ》がわたしにしてくれたこと、他《ほか》の女《おんな》の子《こ》にもするのかな……。

誰《だれ》もいない教室《きょうしつ》はわたしの心《こころ》を表《あらわ》してるようで、視界《しかい》をぼんやりとにごした。

わたしは仕方《しかた》なく、すっかり人通《ひとどお》りがまばらになった校門《こうもん》を、ひとりで出《で》た。

明日《あした》から夏休《なつやす》み――。
真《ま》っ青《さお》な空《そら》には、入道雲《にゅうどうぐも》が上《うえ》へ上《うえ》へと伸《の》びている。
どこまでも続《つづ》く、めまいがしそうなほどの青空《あおぞら》。髪《かみ》をなでる風《かぜ》の中《なか》に、夏《なつ》を感《かん》じた。
本格的《ほんかくてき》な夏《なつ》が来《く》る。
わたしが要《かなめ》の家《いえ》に居候《いそうろう》して、もうすぐ三《さん》か月《げつ》がたとうとしていた。
――すでに通《かよ》いなれた道《みち》。
わたしはいつまで、この道《みち》を歩《ある》くことができるんだろう。
ふと、そんなことを思《おも》った。

家《いえ》に帰《かえ》ると、まだ誰《だれ》も帰《かえ》っていなかった。
おじさんは仕事《しごと》だし、おばさんもパートに出《で》てる。
先《さき》に帰《かえ》ったはずの要《かなめ》は……友達《ともだち》と出《で》かけたのかな。
わたしは自分《じぶん》の部屋《へや》に入《はい》ると、窓《まど》を開《あ》けた。
むっとする風《かぜ》が、頬《ほお》や髪《かみ》、制服《せいふく》の中《なか》をすり抜《ぬ》けてゆく。
――ジジジー。

セミの大合唱《だいがっしょう》がどこからともなく聞《き》こえてきて、わたしの体《からだ》にまとわりついた。
今年《ことし》も暑《あつ》くなりそうだな……。
そんなことを思《おも》い、ふぅとため息《いき》をもらして視線《しせん》を落《お》とした。

「…………」

え……なんで……。
窓《まど》の下《した》に目《め》をやると、要《かなめ》がわたしを見上《みあ》げて立《た》っていた。
要《かなめ》は、人《ひと》さし指《ゆび》でチョイチョイと下《した》をさした。
『下《お》りてこいよ』
そう、ジェスチャーしているようだ。
──なに？
わたしは、言《い》われるまま、勢《いきお》いよく階段《かいだん》をかけ下《お》りた。
てっきりどこかへ行《い》ってしまったと思《おも》っていただけに、わたしの心臓《しんぞう》は激《はげ》しく波打《なみう》つ。
玄関《げんかん》を勢《いきお》いよく開《あ》けると、まだ制服姿《せいふくすがた》の要《かなめ》がわたしを待《ま》っていた。
「ちょっと俺《おれ》に付《つ》き合《あ》ってよ」
「え？」

要《かなめ》はそう言《い》うと、当《あ》たり前《まえ》のようにわたしの手《て》を取《と》って、歩《ある》き出《だ》した。

わたしは要《かなめ》の行動《こうどう》の意味《いみ》がわからないまま、その背中《せなか》を見《み》つめた。

要《かなめ》は、ただ黙《だま》って歩《ある》いていく。

一歩《いっぽ》一歩《いっぽ》ゆっくり歩《ある》く要《かなめ》の足音《あしおと》に、わたしの小《ちい》さな足音《あしおと》が続《つづ》く。

頭《あたま》ひとつ分《ぶん》より少《すこ》し大《おお》きな要《かなめ》を見上《みあ》げて、やっぱり男《おとこ》の子《こ》なんだと実感《じっかん》。

大《おお》きくて、でも指《ゆび》はすらっとしてて、とてもきれいな手《て》。


——あれ？


つないだその手《て》に、遠《とお》い昔《むかし》からこの温《ぬく》もりを知《し》っているような気《き》がした。

なんだろう、この感《かん》じ。懐《なつ》かしい……のかな？

……わたし、この手《て》を知《し》ってるの？


要《かなめ》はわたしの手《て》を引《ひ》いて、小《ちい》さな公園《こうえん》までやってきた。

真《ま》ん中《なか》には大《おお》きな桜《さくら》の木《き》がある。その桜《さくら》の木《き》を取《と》り囲《かこ》むように、恐竜《きょうりゅう》のすべり台《だい》とブランコ。それに小《ちい》さな砂場《すなば》があった。

要《かなめ》は恐竜《きょうりゅう》のすべり台《だい》に近《ちか》づくと、つないでいた手《て》を離《はな》す。

そして、わたしを見《み》つめた要《かなめ》は、なにかをうかがっているみたいだ。

「かわいいとこだね。要《かなめ》、なんでこんなとこ知《し》ってるの？」

その言葉《ことば》に要《かなめ》は、わたしのおでこをコツンと弾《はじ》いた。

「イタタ……なにすんのよー！」

「お前《まえ》、ほんとに俺《おれ》のこと覚《おぼ》えてない？」

ツンツンと何度《なんど》かこづいて、要《かなめ》はわたしの顔《かお》をのぞき込《こ》む。

「……へ？」

覚《おぼ》えてないって？

わたしは必死《ひっし》に過去《かこ》の記憶《きおく》を呼《よ》び起《お》こす。

なに？　なんかこの場所《ばしょ》であったっけ？　しかも、要《かなめ》と？

うーん。うーん……。うーんと……？

「……ごめん」

さっぱり思《おも》い出《だ》せない。要《かなめ》は「はあ」とため息《いき》をついた。

「未央《みお》って薄情《はくじょう》なヤツだよなあ」

そう言《い》って、小《ちい》さなブランコに座《すわ》る。

そして要《かなめ》は昔《むかし》を懐《なつ》かしむように、ほんの少《すこ》し目《め》を細《ほそ》めた。

「この公園《こうえん》は、俺《おれ》と未央《みお》が初《はじ》めて会《あ》った場所《ばしょ》なんだけど」

……え？

「えええ!?」

驚《おどろ》きすぎて、わたしは大声《おおごえ》を出《だ》していた。

「思《おも》い出《だ》すまでは気長《きなが》に待《ま》つつもりだったけど、もうやめた」

「え？」

要《かなめ》は、ゆらしていたブランコを止《と》めた。不機嫌《ふきげん》な顔《かお》でわたしをジロリと見《み》る。

「ご、ごめん。でも……いつごろ？」

「五歳《ごさい》ん時《とき》」

「五歳《ごさい》って……そんな小《ちい》さいころ……」

要《かなめ》の家《いえ》にお世話《せわ》になる前《まえ》パパたちが、わたしは昔《むかし》、要《かなめ》と遊《あそ》んだことがあるって言《い》ってたっけ……。

「親父《おやじ》たちが仲《なか》よかったろ？　俺《おれ》も未央《みお》もときどきこの公園《こうえん》に連《つ》れてこられたんだ。未央《みお》は覚《おぼ》えてないみたいだけど」

「う……ごめん」

でも……。そう、たしかに……あの子《こ》と遊《あそ》んでいたのは、いつも同《おな》じ公園《こうえん》だった。小学校《しょうがっこう》に上《あ》がるころには、パパたちも仕事《しごと》の関係《かんけい》でなかなか会《あ》えなくなってしまったようだった。

……あの時《とき》の子《こ》が……要《かなめ》？

まるで記憶《きおく》の扉《とびら》が一気《いっき》に開《ひら》かれたように、次々《つぎつぎ》に当時《とうじ》のことが浮《う》かんできた。

こもれびの中《なか》。ふわふわ舞《ま》う、淡《あわ》いピンク。

やわらかい風《かぜ》がゆらすのは、ちょっとだけクセのある真《ま》っ黒《くろ》な髪《かみ》。

木々《きぎ》の隙間《すきま》を抜《ぬ》けて、差《さ》し込《こ》む光《ひかり》の筋《すじ》。

その光《ひかり》のシャワーを浴《あ》びて、微笑《ほほえ》むのは……。

頬《ほお》をピンクに染《そ》めた、色素《しきそ》の薄《うす》い、まるでお人形《にんぎょう》のような顔《かお》——。

じゃあ、やっぱり記憶《きおく》の片隅《かたすみ》にいた〝あの子《こ》〟は、要《かなめ》だったんだ……。

そっか……。

そうだ。あのころのわたしは……。

少《すこ》し大人《おとな》びたあの男《おとこ》の子《こ》に、小《ちい》さな恋心《こいごころ》を抱《いだ》いてたんだ。

小《ちい》さいながらに真剣《しんけん》に好《す》きだった。

あの子《こ》はいつも笑《わら》ってた。

そして、この公園《こうえん》の……。そう、あの桜《さくら》の木《き》の下《した》で、わたしはあの子《こ》に愛《あい》の告白《こくはく》をしたんだ……。

『かなめくん！　わたし、かなめくんのことがすき!!　だからっ、だからわたしとけっこんして！』

要《かなめ》の手《て》を握《にぎ》り、わたしは苺《いちご》キャンディを彼《かれ》にあげたんだ。

今《いま》さら、全身《ぜんしん》が熱《あつ》くなっていくのを感《かん》じた。

そんなわたしの様子《ようす》に気《き》づいた要《かなめ》は、クイっと口《くち》の端《はし》を上《あ》げた。

「……思《おも》い出《だ》した？」

わたしの初恋《はつこい》の相手《あいて》が要《かなめ》だったなんて!!

でも、なんでわたしは忘《わす》れてしまっていたんだろう。

甘《あま》く、優《やさ》しいこの想《おも》い出《で》を……。

あの後《あと》、どうなったんだっけ？　わたしは首《くび》をひねった。

「思《おも》い出《だ》したよ……。わたし、要《かなめ》に告白《こくはく》して……でも、そのあとの記憶《きおく》が……ねえ、あの後《あと》、要《かなめ》はなんて言《い》ったの？」

ブランコに座《すわ》ると、要《かなめ》の顔《かお》を見《み》た。

要《かなめ》は『え』という顔《かお》をしたけど、すぐに視線《しせん》をそらした。

「？」

なんだか気《き》まずそうに目《め》を泳《およ》がせると、要《かなめ》はうつむいてしまう。

要《かなめ》がどんな顔《かお》をしているのか、よくわからなかった。

——ガシャン。

何《なに》も言《い》わずブランコから立《た》ち上《あ》がると、要《かなめ》は桜《さくら》の木《き》の方《ほう》へ歩《ある》いていった。

その後《あと》を急《いそ》いで追《お》う。

「小学生《しょうがくせい》になって、俺《おれ》たち会《あ》わなくなったろ？」

「……うん。そうみたいだね」

「なんでか覚《おぼ》えてる？」

要《かなめ》はわたしを見《み》た。

「……覚《おぼ》えてない。どうして？」

「未央《みお》が、俺《おれ》に会《あ》いたくないって言《い》ったの」

木《き》にもたれるようにして立《た》つと、わたしを眺《なが》める。

「え？　わたし？」

要《かなめ》の顔《かお》が、こもれびの中《なか》でゆらゆらゆれている。

黒髪《くろかみ》がその光《ひかり》のシャワーを浴《あ》びて、ほんの少《すこ》し茶色《ちゃいろ》く染《そ》まる。

そう、あの日《ひ》も今日《きょう》みたいな、抜《ぬ》けるような青空《あおぞら》だった。

「未央《みお》、まだ俺《おれ》のこと……キライ？」

要《かなめ》はそう言《い》って、わたしの指先《ゆびさき》に触《ふ》れると、そのまま手《て》を握《にぎ》りしめた。

要《かなめ》の長《なが》い前髪《まえがみ》が、風《かぜ》に吹《ふ》かれている。

「『まだ』ってどういうこと？」

「未央《みお》が俺《おれ》を拒《こば》んだんだろ？　俺《おれ》に熱烈《ねつれつ》プロポーズしといて、急《きゅう》に『キライになったから会《あ》いたくない』は、ひどいよな。ガキながらに、人間不信《にんげんふしん》におちいるとこだった」

わたしは耳《みみ》を疑《うたが》った。

〝けっこんして〟ってそんなこと言《い》っておいて、会《あ》いたくない？

五歳《ごさい》のわたしに、いったいなにがあったんだ……。

もんもんと考《かんが》え込《こ》んでいると、そこからすくい上《あ》げるように、要《かなめ》の指《ゆび》がわたしのあごに触《ふ》れた。

「俺《おれ》は、この中学《ちゅうがく》に入学《にゅうがく》した時《とき》から未央《みお》のことわかってたよ。俺《おれ》のこと少《すこ》しは覚《おぼ》えてると思《おも》ってたけど、何度《なんど》すれ違《ちが》っても、売店《ばいてん》で近《ちか》くに並《なら》んでもお前《まえ》、気《き》づかなかった」

そう言《い》って、要《かなめ》は笑《わら》った。

わたしのこと、ずっと見《み》ててくれたの？

「……子供《こども》の頃《ころ》の話《はなし》だし。未央《みお》が忘《わす》れてても仕方《しかた》ないって思《おも》ってたけど」

要《かなめ》の手《て》が、ゆっくりと伸《の》びてきた。

――ドキン……。

優《やさ》しく髪《かみ》に触《ふ》れる手《て》……。

ダメだ。

わたしは、この瞬間《しゅんかん》に弱《よわ》すぎる……。

要《かなめ》は、そのままわたしの髪《かみ》をすくい上《あ》げ、そっと口《くち》づけた。

「うちに来《き》た時《とき》は正直《しょうじき》、信《しん》じらんなかった。俺《おれ》のこと思《おも》い出《だ》すまでは、なにもしないつもりだったけど……。でも、やっぱダメだな」

もう、わたしの心臓《しんぞう》は爆発《ばくはつ》しそうだった。

意地悪《いじわる》なアイツが甘《あま》くなる時《とき》

いつのまにか、わたしの体《からだ》はすっぽりと要《かなめ》の腕《うで》の中《なか》に引《ひ》き寄《よ》せられていた。

キュッと力《ちから》が込《こ》められた腕《うで》は、とても温《あたた》かい。

要《かなめ》の甘《あま》い香《かお》りに、くらくらとめまいがしそう。

固《かた》まっているわたしから少《すこ》し体《からだ》を離《はな》すと、要《かなめ》はわたしの瞳《ひとみ》を見《み》つめた。

「未央《みお》……」

長《なが》いまつ毛《げ》。薄《うす》い唇《くちびる》。真《ま》っ黒《くろ》な髪《かみ》。

ちょっとだけ、首《くび》をかしげるクセ。少《すこ》しかすれた低《ひく》い声《こえ》。

全部《ぜんぶ》、わたしの好《す》きな要《かなめ》。

「あの約束《やくそく》、まだ有効《ゆうこう》だよな？」

要《かなめ》のポケットから取《と》り出《だ》されたのは——。

「……苺《いちご》……キャンディ？」

「俺《おれ》、未央《みお》が好《す》きだ。他《ほか》の誰《だれ》かのものになる前《まえ》に、俺《おれ》に奪《うば》われろよ」

「へ……」

相変《あいか》わらずの、上《うえ》から目線《めせん》。

要《かなめ》は、片眉《かたまゆ》をクイっと上《あ》げて、切《き》れ長《なが》の瞳《ひとみ》を細《ほそ》めてわたしを見下《みお》ろす。

なんて言《い》われたのか、すぐに理解《りかい》できなくて。

ただただ、ポカンと口《くち》を開《あ》けたまま、気《き》の抜《ぬ》けた返事《へんじ》をしてしまった。

子犬《こいぬ》のようにうるんだ瞳《ひとみ》で、わたしをまっすぐ見《み》つめる要《かなめ》。

「……でも、でも……わたし」

わたしはまだ、信《しん》じられずにいた。

だって。だって、要《かなめ》が……だよ？　要《かなめ》が、わたしを好《す》き？

「ダメ？」

そう言《い》って目《め》を細《ほそ》めた要《かなめ》は、わたしのおでこにふわりとキスを落《お》とす。

あわわわっ！　どうしよう。どうしよう。

思《おも》いっきり動揺《どうよう》しているわたしの口《くち》に、要《かなめ》はキャンディを放《ほう》り込《こ》んだ。

「……んっ⁉」

口《くち》の中《なか》に広《ひろ》がる甘《あま》い香《かお》り。

それでようやくわたしは、パニック状態《じょうたい》から脱出《だっしゅつ》できた。

「ほんとに……ほんとにぃ？　……もう一回言《いっかいい》って？」

「……、やだ」

要《かなめ》は眉間《みけん》にグッとシワを寄《よ》せて、顔《かお》をそむけてしまった。

「えっ⁉　……やっぱりこれは夢《ゆめ》なんだ……」

「……なんでだよ」

照《て》れたように、ほんの少《すこ》し頬《ほお》を染《そ》めた要《かなめ》は、眉根《まゆね》を寄《よ》せてわたしに視線《しせん》を落《お》とす。

「未央《みお》、好《す》き。……俺《おれ》は未央《みお》が好《す》きだ」

耳《みみ》に直接《ちょくせつ》ささやくように、要《かなめ》は唇《くちびる》を寄《よ》せた。少《すこ》しだけかすれた低《ひく》い声《こえ》。

「未央《みお》の気持《きも》ち、聞《き》きたい」

――ドキン。

わたし、わたしも……。

「わたしも要《かなめ》が……好《す》き」

消《き》えちゃいそうなくらい小《ちい》さなわたしの告白《こくはく》。

でも要《かなめ》は目《め》を細《ほそ》めるとわたしに、耳《みみ》を寄《よ》せた。

「え？　聞《き》こえない」

……わざとだ！　最低《さいてい》だーっ！

「もうっ！　わたしも要《かなめ》が好《す》きです！」

「つはは！　よくできました」

「…………」

要《かなめ》はわたしの答《こた》えを確認《かくにん》すると、嬉《うれ》しそうに「にゃはは」と笑《わら》ってはにかんだ。

うぅ……。もう、要《かなめ》はずるいよ……。

わたしは要《かなめ》の胸《むね》に、顔《かお》をうずめた。心臓《しんぞう》がギュッてなって、涙《なみだ》が出《で》た。

涙《なみだ》は、悲《かな》しい時《とき》や寂《さみ》しい時《とき》だけじゃなくて、嬉《うれ》しい時《とき》にも出《で》るんだね。

これって、何倍《なんばい》もステキだよ。

「未央《みお》、俺《おれ》にもちょーだい」

「ん？」

見上《みあ》げた瞬間《しゅんかん》、要《かなめ》の顔《かお》が降《ふ》ってきた。

不意《ふい》に重《かさ》なる唇《くちびる》。あれ。……なに？

ちょっと——！

「……ん？　……んんーっ！」

要《かなめ》は、ペロリとキャンディののった舌《した》を出《だ》した。

「ごちそーさま」

ひ、ひぇ――っ！　要《かなめ》ってば、要《かなめ》ってば！

まるで子供《こども》のように、楽《たの》しそうに笑《わら》う要《かなめ》。

その屈託《くったく》のない笑顔《えがお》に、急《きゅう》に照《て》れ臭《くさ》くなって、視線《しせん》をそらした。

意地悪《いじわる》言《い》ったり、わたしをしびれさせちゃうような甘《あま》い言葉《ことば》をささやいたり。

要《かなめ》ってヤツには、かなわない。

最初《さいしょ》に会《あ》った時《とき》の印象《いんしょう》と、全然違《ぜんぜんちが》う。

要《かなめ》はあの時《とき》、なにを思《おも》ってたの？　なにを考《かんが》えてたの？

わたし、全然覚《ぜんぜんおぼ》えてなくて……ごめんね？

「…………」

ちらりと要《かなめ》を見上《みあ》げる。ほとんど真上《まうえ》にある要《かなめ》の顔《かお》。

わたしの視線《しせん》に気《き》づいて「ん？」と首《くび》をかしげる要《かなめ》。

その動《うご》きにあわせて、やわらかな前髪《まえがみ》も一緒《いっしょ》にゆれた。

それは、幼《おさな》い日《ひ》の記憶《きおく》と重《かさ》なる……。

目《め》を細《ほそ》めて微笑《ほほえ》むその視線《しせん》を受《う》けて、わたしはさらに体温《たいおん》が上《あ》がるのを感《かん》じた。

……うぅ。なんでこんなにきれいなの？

そんな顔《かお》で見《み》つめないでよ。……反則《はんそく》、でしょ？

わたし、こんなに幸《しあわ》せでいいの？

嬉《うれ》しくて、信《しん》じられないよ。夢《ゆめ》……じゃないよね？

要《かなめ》はわたしの背中《せなか》に回《まわ》していた腕《うで》をほどいて、距離《きょり》を取《と》りながら言《い》った。

「おし。じゃあ……帰《かえ》りますか」

「へ？　……か、帰《かえ》るの？」

わたしはあっけにとられて、差《さ》し出《だ》された手《て》を見《み》つめた。

少《すこ》し強引《ごういん》にわたしの手《て》をつかむと、要《かなめ》は少《すこ》しだけ腰《こし》をかがめて、耳《みみ》もとでそっとささやいた。

「未央《みお》とふたりきりになりたい」

……へ？　そ、それって、どういう……。

要《かなめ》はわたしを混乱《こんらん》させる天才《てんさい》だ……ほんとに。

浮《う》かんでは消《き》え、また浮《う》かんでは消《き》える妄想《もうそう》にわたしが困惑《こんわく》しているうちに、わたしたちは、いつの間《ま》にか家《いえ》に帰《かえ》ってきていた。

夏《なつ》の午後《ごご》。明日《あした》から夏休《なつやす》みだ。

見慣《みな》れていた空間《くうかん》なのに、まるで知《し》らない場所《ばしょ》みたい。

家《いえ》に戻《もど》っても、要《かなめ》はずっとわたしの手《て》を離《はな》してくれなくて……。

うう、手汗《てあせ》すごいよ～……！

心《こころ》の中《なか》でそんなことを叫《さけ》んでいても、わたしはすでに要《かなめ》の部屋《へや》。

なぜだかとても長《なが》い間《あいだ》、この部屋《へや》に来《き》ていなかった気《き》がする。

入《はい》った瞬間《しゅんかん》に感《かん》じる、甘《あま》くて、それでいてさわやかな香《かお》り。

男《おとこ》の子《こ》の部屋《へや》なのに、相変《あいか》わらずきちんと片《かた》づいている。

木目調《もくめちょう》のチェストの上《うえ》には、キラキラ輝《かがや》くシルバーアクセサリー。

その横《よこ》に、カラフルなキャンディの袋《ふくろ》。

「…………」

懐《なつ》かしむように部屋《へや》を眺《なが》めていると。

「未央《みお》」

いつの間《ま》にかベッドに座《すわ》った要《かなめ》が、手招《てまね》きをした。

「こっちおいで？」

そう、満面《まんめん》の笑《え》みで――。

う……なんだろう、この危険《きけん》な雰囲気《ふんいき》は……。

どうしていいのかわからず、とりあえず要《かなめ》のそばへ歩《あゆ》み寄《よ》る。

固《かた》まった体《からだ》で、なんとか要《かなめ》の横《よこ》へ、ちょこんと腰《こし》を下《お》ろした。

すぐ隣《となり》からは、強烈《きょうれつ》な視線《しせん》を感《かん》じる。

そして――要《かなめ》の手《て》が、わたしの髪《かみ》をすく。

耳《みみ》の辺《あた》りからゆっくりと移動《いどう》していくその指先《ゆびさき》に、わたしの全神経《ぜんしんけい》は一気《いっき》に集中《しゅうちゅう》する。

「…………」

「…………」

なにも言《い》わない要《かなめ》は、ただわたしの髪《かみ》に触《ふ》れて、そっと口《くち》づけをした。

ドクンっ！

たったそれだけなのに、真《ま》っ赤《か》になってしまうことがすごく恥《は》ずかしくて、わたしはさらにうつむく。

体《からだ》は、火《ひ》がついたみたいにほてっている。

どど……どうしようっ⁉

本当《ほんとう》はいますぐこの場《ば》から逃《に》げ出《だ》したい。

髪《かみ》にキスされたことは、これまで何度《なんど》もあったけど……だけど今《いま》は、特別《とくべつ》な意味《いみ》がある気《き》がしてしまう。

どうしていいかわかんないよ……！

座《すわ》っているだけ、えらい。ほめて欲《ほ》しいよ……。

——ドクン、ドクン。

髪《かみ》に口《くち》づけたまま、わたしの顔《かお》をのぞき込《こ》んだ要《かなめ》と、一瞬《いっしゅん》視線《しせん》がからみ合《あ》う。

恥《は》ずかしくてパッと顔《かお》をそむけたその時《とき》、楽《たの》しそうに唇《くちびる》を離《はな》した要《かなめ》。

「俺《おれ》、未央《みお》の髪《かみ》好《す》きだな」

「へ？」

そう言《い》って、クシャクシャと髪《かみ》をなでた。

「なな、なんで？」

髪《かみ》が好《す》きなんて、言《い》われたことがない。

クセの強《つよ》いネコっ毛《け》で、胸《むね》まである髪《かみ》の毛先《けさき》もあちこちにはねてしまってる。

わたしのコンプレックスのひとつ。

「ピョンピョンはねてて、目《め》が離《はな》せなくなる」

そう言《い》うと、前髪《まえがみ》をクイッと軽《かる》く引《ひ》っ張《ぱ》った。

「いたっ。もぉ、やめてよ……」

引《ひ》っ張《ぱ》られた髪《かみ》も、実《じつ》はちっとも痛《いた》くない。

だけどひと言《こと》、言《い》ってやりたくて、文句《もんく》を口《くち》にしかけたわたしは……。

いつの間《ま》にか、要《かなめ》の腕《うで》の中《なか》。

本当《ほんとう》に自然《しぜん》な力《ちから》で、抱《だ》き寄《よ》せられた。それは強引《ごういん》なんかじゃなくて、優《やさ》しくて、ドキドキした。

キュッと腕《うで》に力《ちから》を込《こ》めて、わたしを抱《だ》きすくめる要《かなめ》。

そして、耳《みみ》もとでそっとささやく。

「未央《みお》?」

「……え」

かすかに触《ふ》れた唇《くちびる》。かすれた低《ひく》い声《こえ》。

「おとなしいな。緊張《きんちょう》してる？」

「してない……」

いつもみたいにからかわれると思《おも》ったから、少《すこ》し強《つよ》がってそう言《い》ったのに。

「ふぅん。ドキドキしてんの、俺《おれ》だけか」

「ええっ」

要《かなめ》がそんなこと言《い》うもんだから、びっくりしてガバリとその腕《うで》の中《なか》から顔《かお》を上《あ》げた。

お互《たが》いの吐息《といき》がかかる、その距離《きょり》で見《み》つめ合《あ》う。

大《おお》きく目《め》を見開《みひら》いた要《かなめ》が、何度《なんど》もまばたきをくり返《かえ》す。

わわ、きれいな顔《かお》。

色素《しきそ》の薄《うす》い茶色《ちゃいろ》がかった瞳《ひとみ》の中《なか》で、もうひとりのわたしと目《め》が合《あ》った。

それをふち取《ど》る、長《なが》いまつ毛《げ》。

要《かなめ》は、片眉《かたまゆ》をピクリと上《あ》げて、ふっと笑《わら》った。

「……今度《こんど》は、俺《おれ》が期待《きたい》する番《ばん》？」

「へ？」

ぽかんとしたわたしの唇《くちびる》に、要《かなめ》の親指《おやゆび》が触《ふ》れる。

答《こた》えをうながすように、それはゆっくりと動《うご》く。
「キス、する？」
伏《ふ》し目《め》がちの要《かなめ》は、そう言《い》って少《すこ》しだけ顔《かお》をかたむける。
な、なんでそんなこと聞《き》くの……!?
あらためて聞《き》かれると恥《は》ずかしいんだけど！
それに、今《いま》まではわたしの意志《いし》なんて関係《かんけい》なくしてきたのに。
ずるいっ!!
部屋《へや》の窓《まど》から差《さ》し込《こ》む外《そと》のオレンジの光《ひかり》が、要《かなめ》の部屋《へや》を赤《あか》く染《そ》める。
ベッドの上《うえ》で抱《だ》き寄《よ》せられたまま、要《かなめ》はわたしの答《こた》えを待《ま》ってる。
ドクン、ドクン。
やばい……心臓《しんぞう》がドキドキしすぎて、頭《あたま》くらくらする。
「あ、あの……」
イエスともノーとも言《い》えないまま、ぎゅっと目《め》を閉《と》じた。
と、その時《とき》。
わたしを包《つつ》んでいたぬくもりが遠《とお》くなる。

え？

パチ、と目《め》を開《あ》けると要《かなめ》がわたしの肩《かた》を両手《りょうて》でつかんで距離《きょり》をとった。

「かなめ？」

ポカンとして、要《かなめ》を呼《よ》ぶ。

要《かなめ》は大《おお》きく息《いき》を吐《は》いてうつむいた。

隠《かく》れた前髪《まえがみ》の間《あいだ》からをチラリとわたし見上《みあ》げると、ゴホンと咳《せき》ばらいをする。

「あー……やっぱやめときます」

「へ？」

そう言《い》うと、腕《うで》で顔《かお》を隠《かく》してしまった。

そのままベッドから降《お》りると、部屋《へや》を出《で》ていこうとする。

え、本当《ほんとう》にどうしたの？

気《き》がつくと、要《かなめ》の制服《せいふく》のすそをつかんでいた。

「やめちゃうの……？」

そんな言葉《ことば》がポロっとこぼれて、ハッとした。

な、なに言《い》ってんの、わたし！

これじゃあ、わたしがしてほしいって言《い》ってるみたいじゃん……！

「あ、あのっ……これは違《ちが》くて……！　そ、そうだよね、やめておこうっ」

だって、わたしたち、今日《きょう》やっと両想《りょうおも》いになったばっかり……。

「わっ」

え？

見《み》えるのは、天井《てんじょう》？　なんでっ⁉

今《いま》の状況《じょうきょう》を理解《りかい》しようと、思考《しこう》をフル回転《かいてん》させるわたし。

視界《しかい》の中《なか》に、眉《まゆ》を寄《よ》せてわたしをにらむ要《かなめ》がうつり込《こ》んできた。

その頬《ほお》は、少《すこ》し……赤《あか》い？

「……お前《まえ》、かわいいこと言《い》うの禁止《きんし》な」

「え、か、かわいい？　どこがっ⁉」

「そういう無自覚《むじかく》さもダメ」

つかまれた手首《てくび》に、グッと力《ちから》が加《くわ》わる。

「え？　ちょ、ちょっと！　要《かなめ》っ、要《かなめ》……なにするの……」

「俺《おれ》は、」

かすれた声《こえ》が頬《ほお》をかすめる。

首筋《くびすじ》に感《かん》じる、要《かなめ》の熱《あつ》い息《いき》づかい。

「これでもギリギリを耐《た》えてんだけど……」

ドクンドクンって、すごい速《はや》さで鼓動《こどう》を刻《きざ》む心臓《しんぞう》。

「……未央《みお》は？」

その声《こえ》は、さらに耳《みみ》たぶを焦《こ》がした。

「っ……」

触《ふ》れてもいない、ただそばで要《かなめ》の声《こえ》を聞《き》いただけなのに、ジワリと熱《ねつ》を帯《お》びる。

逃《に》げたい。

だって、だってこんなにドクドクいってるんだもん。

心臓《しんぞう》もたないって！

そう思《おも》うのに、要《かなめ》の両腕《りょううで》に囲《かこ》われたわたしは、身動《みうご》きがとれない。

「要《かなめ》……そろそろおばさんたち帰《かえ》ってきちゃうよ」

なんとか要《かなめ》の気《き》を引《ひ》こうと、しどろもどろになりながら言《い》う。

それでも、要《かなめ》の力《ちから》がゆるむことはなくて。

少《すこ》しだけ顔《かお》を上《あ》げると、いたずらに口《くち》の端《はし》をクイッと上《あ》げて、怪《あや》しげな笑《え》みをこぼす。

「要《かなめ》？」

な、なに？　その顔《かお》っ……！　怖《こわ》いんだけどぉー！

もう、半分涙目《はんぶんなみだめ》。

だけど、そんなわたしの反応《はんのう》を楽《たの》しむかのように、要《かなめ》はつかまえていたわたしの手首《てくび》を、さらに持《も》ち上《あ》げながらおでこにキスを落《お》とした。

「っ！」

「じゃあ……母《かあ》さんが帰《かえ》ってくるまでは、こうしてよ」

ええっ！

わたしが何《なに》か言《い》う前《まえ》に、要《かなめ》はさらにその顔《かお》を寄《よ》せた。

頬《ほお》、おでこ、耳《みみ》たぶ、そして口《くち》の端《はし》。次々《つぎつぎ》とキスをされる。

軽《かる》いリップ音《おん》がして、ぎゅっとまぶたを閉《と》じた。

要《かなめ》がまた、お腹《なか》を空《す》かせたオオカミに見《み》えてくる。

「ううっ、ちょっ、ちょっと待《ま》ってってば！　んむっ!?」

その時《とき》、思《おも》い切《き》り口《くち》をふさがれた。それも、要《かなめ》の唇《くちびる》で……。

わたしの叫《さけ》びはあっという間《ま》に飲《の》み込《こ》まれる。

「……うるさい口《くち》」

「なっ⁉　もうっ、ばかばか！　要《かなめ》のばかぁ」

そして。

――ガシャーン！

大《おお》きな物音《ものおと》と共《とも》に、体《からだ》がふっと軽《かる》くなる。

「……ってぇ」

顔《かお》をゆがめて、頭《あたま》をさすっている要《かなめ》。

わたしはあわてて体《からだ》を起《お》こす。

うわ……わたし、また要《かなめ》のこと突《つ》き飛《と》ばしちゃったんだ。

「………」

「要《かなめ》っ、大丈夫《だいじょうぶ》？　あの、えと……ご、ごめんなさい」

要《かなめ》はうらめしそうにわたしの顔《かお》を見上《みあ》げた。

「……ったく、どこにそんな力《ちから》があんの？」

「………」

唇《くちびる》をとがらせて、わたしから視線《しせん》をそらした要《かなめ》。

あれ？　なに？　もしかして、すねてる？

わたし、おかしいな……。いじけてる要《かなめ》が『かわいい』だなんて。

「？」

要《かなめ》が、そんなわたしを不思議《ふしぎ》に思《おも》ったのか、首《くび》をひねった。

「つーかさ、男《おとこ》突《つ》き飛《と》ばすなんて、色気《いろけ》なさすぎ」

「へ？」

〝色気《いろけ》〟……ですか？

そう言《い》って、思《おも》い出《だ》したように肩《かた》を震《ふる》わせ、笑《わら》っている。

「ククッ」って笑《わら》う要《かなめ》を見《み》てたら、急《きゅう》に我《われ》に返《かえ》って、わたしはグーパンチをお見舞《みま》いした。

「なにそれ、どういう意味《いみ》？」

「じゃあ未央《みお》には、色気《いろけ》があるとでも？」

それを簡単《かんたん》にかわしながら、要《かなめ》は目《め》を細《ほそ》めた。

「あ、あるもんっ！」

「へーえ。たとえば？」

「たっ……たとえば？　たとえばって……」

うぅっ。見当《みあ》たらない。色気《いろけ》……ゼロ、かも。

がくーんとうなだれたわたしを眺《なが》めていた要《かなめ》は、とうとう我慢《がまん》できずに、吹《ふ》き出《だ》した。

「ぶはっ！　冗談《じょうだん》だよ、そんな真剣《しんけん》に考《かんが》えんなって」

「……うるさい」

楽《たの》しそうな要《かなめ》から、わたしは顔《かお》をそむけた。

からかわれた……。


「怒《おこ》ってんの？」

「……怒《おこ》ってない」

要《かなめ》は、同《おな》じ目線《めせん》になるように身《み》をかがめると、ベッドに座《すわ》ったままのわたしを逃《に》がさないように、両手《りょうて》をついた。

真《ま》っ黒《くろ》なその前髪《まえがみ》の間《あいだ》からのぞく、少《すこ》しだけ茶色《ちゃいろ》がかった瞳《ひとみ》の中《なか》に、リンゴみたいに真《ま》っ赤《か》になったわたしの顔《かお》。

素直《すなお》じゃないわたしは、本当《ほんとう》にかわいくない。

「怒《おこ》ってんじゃん」

「怒《おこ》ってないって」

そんな自分《じぶん》の顔《かお》が見《み》たくなくて、わたしはうつむいた。

もっと、自分《じぶん》の気持《きも》ちに素直《すなお》な、かわいい女《おんな》の子《こ》になりたい。

そしたら、要《かなめ》はわたしに魅力《みりょく》を感《かん》じてくれるかな？

あーあ……。やっと、要《かなめ》と両想《りょうおも》いになれたのに。

「怒《おこ》ってないんだ？」

「……うん」

「からかってごめんな？」

「……うん」

「じゃあ、抱《だ》きしめてい？」

「……うん」

……ん？

「ええええっ!?」

バッと顔《かお》を上《あ》げると、すぐそばでわたしを見上《みあ》げる要《かなめ》と目《め》が合《あ》う。

わたしの返事《へんじ》に満足《まんぞく》そうに、口《くち》の端《はし》をクイッと持《も》ち上《あ》げた要《かなめ》。

てゆーか！　いい、今《いま》……な、なんて言《い》った⁉

わたしは、言葉《ことば》が出《で》なくて口《くち》をパクパクさせた。

要《かなめ》は目《め》を細《ほそ》めて、おもしろそうに眺《なが》めている。

「いいじゃん、ほら」

要《かなめ》は両手《りょうて》を広《ひろ》げると、にっこり微笑《ほほえ》んだ。

たじろぐわたしの手《て》をそっと握《にぎ》りしめる要《かなめ》の手《て》。

要《かなめ》はわたしをゆっくり引《ひ》き寄《よ》せると、肩口《かたぐち》にあごを乗《の》せてぎゅっと抱《だ》きしめた。

「俺《おれ》のこと、忘《わす》れてたバツ。からかったのは、その仕返《しかえ》し」

そう言《い》って、わたしと目《め》を合《あ》わせるとニヤリと笑《わら》う。

「……ずるいよ」


――ドクン、ドクン。

ジッとわたしを見《み》つめる要《かなめ》。

その中《なか》に、のみ込《こ》まれちゃいそうな感覚《かんかく》になる。
熟《う》れた果実《かじつ》みたいに、きれいな唇《くちびる》。
長《なが》いまつ毛《げ》に隠《かく》された、まっすぐな瞳《ひとみ》。
ふわふわの、真《ま》っ黒《くろ》な、ツヤのある髪《かみ》。
男《おとこ》の子《こ》なのに、きれいな……要《かなめ》。
わたしなんかより、よっぽど色気《いろけ》があふれてる。
そして要《かなめ》からは、甘《あま》い香《かお》りがほんのりとする。
ずっと思《おも》ってた。これってなに？　クラクラする。
「…………」
要《かなめ》の指先《ゆびさき》が優《やさ》しくわたしの耳《みみ》あたりに伸《の》びて、要《かなめ》の顔《かお》がだんだんと近《ちか》づく。
ああ、キスされるんだってわかる。
唇《くちびる》に触《ふ》れるか触《ふ》れないかの微妙《びみょう》な位置《いち》まで来《き》て、要《かなめ》はその動《うご》きを止《と》めた。
ん？
わたしはどうしていいかわからず、目《め》をパチクリさせた。
「……目《め》ぇ閉《と》じないの？」

「……あ」

要《かなめ》があきれたように言《い》った。

はっ！

そういえば、ずっと目《め》を開《あ》けたまま、要《かなめ》の顔《かお》を見《み》てたんだ。

わたしは、顔《かお》が赤《あか》くなるのを感《かん》じた。

「だ、だって……」

見《み》とれてたなんて、絶対《ぜったい》言《い》えない……。

「未央《みお》って、ほんとおもしれぇ」

わたしのあせりようを見《み》て、要《かなめ》は吹《ふ》き出《だ》した。

下《した》を向《む》いたまま、肩《かた》を震《ふる》わせている。

「……わたし、緊張《きんちょう》して……要《かなめ》と両想《りょうおも》いなんて信《しん》じられなくて……なのに、からかうなんてひどいよぉ」

――トンっ！

要《かなめ》の胸《むね》を力《ちから》なくたたく。

鼻《はな》の奥《おく》がツンと痛《いた》い。やば、本当《ほんとう》に泣《な》いちゃいそう。

「……未央《みお》」

わたしの名前《なまえ》をつぶやいた要《かなめ》は、もう笑《わら》ってなんかなかった。

スッと伸《の》びてくるその手《て》を、思《おも》わずよける。

それでも、要《かなめ》はわたしの耳《みみ》の後《うし》ろから髪《かみ》をすくい、そのままグッと自分《じぶん》の方《ほう》へ引《ひ》き寄《よ》せた。

「未央《みお》、ごめん。……からかってごめん。だけど俺《おれ》、そう言《い》われるのも嬉《うれ》しいとか……はあ、ほんと重症《じゅうしょう》だわ……」

「…………」

消《き》えちゃいそうな、かすれた声《こえ》でささやく要《かなめ》。

ドクンッて、全身《ぜんしん》の血液《けつえき》が一気《いっき》に押《お》し出《だ》されていく。

「はぁー」って大《おお》げさなほどのため息《いき》をついた要《かなめ》は、最後《さいご》にもう一度《いちど》、ギュッと腕《うで》に力《ちから》を込《こ》めてから、わたしを解放《かいほう》した。

「以後《いご》、気《き》をつけます」

「……あ、はい」

目《め》を閉《と》じて、まるで誓《ちか》いを立《た》てるみたいに右手《みぎて》を挙《あ》げた要《かなめ》に、思《おも》わず頬《ほお》がゆるんだ。

「あ」

なにかに気《き》づいたように、ハッとその瞳《ひとみ》を開《あ》けた要《かなめ》は、わたしの顔《かお》をジッと見《み》た。

「俺《おれ》って未央《みお》の、〝初彼氏《はつかれし》〟になんの？」

「え？ う、うん」

そっか。彼氏《かれし》……か。なんだかその単語《たんご》、くすぐったい。

要《かなめ》はフッて軽《かる》く笑《わら》うと、わたしの髪《かみ》をクシャクシャとなでた。

「大事《だいじ》にする」

「えっ……」

耳元《みみもと》でそうささやいて、今度《こんど》は優《やさ》しくわたしの髪《かみ》に触《ふ》れる。

「未央《みお》。ちゃんと俺《おれ》を見《み》て」

わたしの顔《かお》を見《み》つめる要《かなめ》。

「……見《み》てるよ？」

胸《むね》がギュッて音《おと》を立《た》てて、しめつけられた。

「……やっとつかまえた」

そう言《い》って、極上《ごくじょう》のスマイルをわたしに向《む》ける要《かなめ》。

そんな言葉《ことば》を、要《かなめ》の口《くち》から聞《き》くことになるなんて思《おも》ってもなかった。

わたしは恥《は》ずかしいとか、そんなことすっかり忘《わす》れて、要《かなめ》の首《くび》に手《て》を回《まわ》して、強《つよ》く強《つよ》く引《ひ》き寄《よ》せた。

トクントクン……って、ふたつの鼓動《こどう》が重《かさ》なって、とても温《あたた》かな気持《きも》ちになる。

「要《かなめ》」

「……なに？」

そっと背中《せなか》に手《て》を回《まわ》され、優《やさ》しく抱《だ》きよせられる。

「わたしね？　要《かなめ》が好《す》き……大好《だいす》きだよ」

「うん。知《し》ってる」

目《め》を細《ほそ》めて、少《すこ》しだけ顔《かお》をかたむけた要《かなめ》。

――そして。

わたしたちは惹《ひ》かれ合《あ》うように、キスをした。

End

あとがき

はじめまして。日向《ひなた》まいです。

このたびは、たくさんのすてきなお話《はなし》の中《なか》から、この本《ほん》を手《て》に取《と》ってくださってありがとうございました。

要《かなめ》と未央《みお》の内緒《ないしょ》の同居生活《どうきょせいかつ》は、いかがでしたか？

読《よ》んでくれたみなさんにも、未央《みお》と同《おな》じように要《かなめ》にドキドキしてもらえてたらいいなぁと思《おも》いながら胸《むね》キュンシーンを詰《つ》め込《こ》んでみました！

こちらのお話《はなし》は、数年前《すうねんまえ》に文庫《ぶんこ》として出版《しゅっぱん》させていただいているのですが、今回《こんかい》はよりフレッシュな未央《みお》と要《かなめ》になっているんじゃないかなと思《おも》います。

「恋《こい》をすること」ってこんなにドキドキしてわくわくして、でもちょっぴりせつなくて。今回《こんかい》はそんなキラキラした想《おも》いが、みなさんにも伝《つた》わってくれていたら嬉《うれ》しいなと思《おも》います。

それに！　このジュニア文庫《ぶんこ》ではとっても素敵《すてき》なイラストも魅力《みりょく》のひとつになっています。ラフ画《が》をいただくのですが、そのすべてにいいねを何万回《なんまんかい》と押《お》したくなりました！

みなさんはどのシーンの、どんなイラストに胸《むね》キュンしましたか？

ぜひ、感想《かんそう》を送《おく》ってわたしにも教《おし》えてくださいね。

最後《さいご》になりますが、この一冊《いっさつ》の本《ほん》が出来《でき》るまでたくさんの方々《かたがた》が携《たずさ》わって下《くだ》さいました。

そのすべてのみなさんに、心《こころ》から感謝申《かんしゃもう》し上《あ》げます。

そして、ここまで読《よ》んでくださった読者《どくしゃ》のみなさん、本当《ほんとう》にありがとうございました。

みなさんの一年《いちねん》が、キラキラとした輝《かがや》かしい日々《ひび》であることを願《ねが》っています。

それでは、またお会《あ》いできますように。

二〇二五年一月二十日　日向《ひなた》まい

著・日向まい（ひなた　まい）
愛知県在住。趣味は北欧のすべてと、アロマオイルを集めること。そして推し活で日々癒しを補完している。

絵・Kuta（クタ）
兵庫県出身。看護師兼イラストレーター。キャラクターイラストや動画用イラストの制作を中心に活動しています。いつかポメラニアンと暮らすのが夢。

顔面レベル100の幼なじみと同居なんて
ゼッタイありえません！

2025年1月20日 初版第1刷発行

著　　者　日向まい　© Mai Hinata 2025
発 行 人　菊地修一
デザイン　北國ヤヨイ（ucai）
発 行 所　スターツ出版株式会社
〒104-0031 東京都中央区京橋1-3-1 八重洲口大栄ビル7F
TEL 03-6202-0386（出版マーケティンググループ）
TEL 050-5538-5679（書店様向けご注文専用ダイヤル）
https://starts-pub.jp/
印 刷 所　大日本印刷株式会社

Printed in Japan
ISBN 978-4-8137-8195-0 C8293

本作は2018年11月に小社・ケータイ小説文庫『オオカミ系幼なじみと同居中。～新装版 苺キャンディ～』として刊行されたものに加筆・修正したものです。

ファンレターのあて先

〒104-0031　東京都中央区京橋1-3-1 八重洲口大栄ビル7F
スターツ出版（株）書籍編集部 気付
日向まい先生
いただいたお便りは編集部から先生におわたしいたします。